Claudia Engeler

Stella kehrt heim

„Und ewig liebe ich"
Claudia

Impressum

1. Auflage
© Projekte-Verlag Cornelius GmbH, Halle 2009 • www.projekte-verlag.de
Mitglied im Börsenverein des Deutschen Buchhandels

Satz und Druck: Buchfabrik Halle • www.buchfabrik-halle.de

Umschlag außen:
Stadtansicht mit Schloss Friedenstein vom Krahnberg aus (Lithographie),
um 1850
© Stiftung Schloss Friedenstein Gotha

Umschlag innen:
Stadtplan von Gotha, Zweite Hälfte d. 19. Jahrhunderts
© Stiftung Schloss Friedenstein Gotha

ISBN   978-3-86634-850-9
Preis: 12,80 EURO

Claudia Engeler

Stella kehrt heim

Projekte-Verlag
Cornelius GmbH

„Ich fürchte nichts – nichts – als die Grenzen deiner Liebe."

Johann Christoph Friedrich von Schiller (1759-1805), deutscher Dichter und Dramatiker (Quelle: „Kabale und Liebe", 1784, Akt I/Szene 4, Ferdinand)

„Reach for the moon. That way, if you miss, you will still be dancing with the stars."

Unbekannt

Inhaltsverzeichnis

Mittwoch: Großmutters Ende	9
Finale	9
Erinnerungen	14
Unerwartetes	17
Entscheidung	23
Remember	32
Donnerstag: Orakelhafte Reise	37
Erwachen	37
Reue	39
Dichtung	46
Einsamkeit	55
Freitag: Traurige Neuigkeiten	58
Wahrnehmungen	58
Ausblick	65
Seitenhiebe	69
Sternwarten	71
Ereignisse	80
Regungen	88
Samstag: Himmlische Sterne	106
Licht	106
Unerwartetes	113
Friede	131
Taumel	143

Sonntag: Abschließende Tatsachen 147

    Feststellungen 147
    Richtigstellung 154
    Irrwege 157
    Endzeitstimmung 162
    Durchblick 174
    Erlösung 186
    Namen 190

Mittwoch: Großmutters Ende

Finale

Und so hatte Stella wieder Recht behalten. Am Schluss kam doch alles zusammen: die vier Elemente, Anfang und Ende, Wahrheit und Lüge, Liebe und Freundschaft und vor allem Frieden.

Vor seinem inneren Auge sah Ernst das Feuer lodern, den Sarg mit Stellas Körper brennen, er erblickte die Sterne am Nachthimmel funkeln und fühlte sich vom Lebensfluss an ein Ufer gedrängt, das ihm unbekannt schien. Deshalb öffnete er seine Augen und schaute geradeaus auf die leicht erhobene Empore, auf der ein schlichter Holzsarg stand.

„Eine einfache Kiste", so hatte sich Stella vor wenigen Tagen ausgedrückt, das hatte sie sich gewünscht.

Ernsts Mutter war empört gewesen. Das sei keine würdige Hülle, um ihrem, Stellas Körper, einen angemessenen Rahmen zu geben.

Doch seine Oma hatte nur fröhlich gelacht. „Darauf kommt es am Ende nicht an, Victoria", hatte sie gesagt und ihrer Tochter trotz Heiterkeit ernst in die Augen geschaut.

Ernst saß in der Feierhalle des Gothaer Hauptfriedhofs, empfand die tröstenden, warmen Wände der Halle als schützend und fühlte sich dennoch ganz elend. Das milde Beige, das warme Gelb und das tröstliche, blasse Gründerzeitgrün der Wände konnten ihm keinen Halt geben. Denn vor ihm stand der einfache Sarg, der nur noch für kurze Zeit den Körper seiner verstorbenen Großmutter aufbewahren würde. Ernst wusste, dass bloß die Hülle seiner Oma vor ihm lag. Aber auch dieser Gedanke heiterte ihn nicht auf. Der Junge blickte auf die kerzenähnlichen Lichter, die links und rechts den Sarg wie eine Krone umrahmten, dann betrachtete er die Blumen und die drei Kränze, die auf dem Boden und auf dem Sarg lagen.

„Stella", flüsterte der Junge gepresst und fühlte sogleich, wie ein Ellbogen ihn von der rechten Seite anstupste.
„Scht...", hörte er seine Mutter zischen, doch Ernst verhielt sich, als befände er sich meilenweit entfernt: auf dem Mond als Neil Armstrong, vielleicht als Nume auf Kurd Laßwitz' Mars oder – warum nicht – irgendwo sonst da draußen, verloren im unendlichen All. An einem Ort, der keiner war, zu einer Zeit, die es nicht gab. Denn dort oben, ja, dort oben dachte Ernst, da kam alles zusammen: Anfang und Ende, die vier Elemente, Freundschaft und Liebe, Körper und Seele und bestimmt auch Frieden.
Der Junge fuhr zusammen, denn in jenem Augenblick setzte Musik ein. Angestimmt wurde eine Melodie und die spärlichen Trauernden, die sich eingefunden hatten, begannen verhalten zu singen. Ernst öffnete den Mund, als wolle er mitsingen. Doch etwas Großes hatte sich in seinem Hals festgesetzt, nahm ihm die Luft und ließ ihn schlucken. Was auch immer sich in seinem Rachen verkeilt hatte, es blieb dort sitzen wie ein alter, müder Hund. Und so schloss Ernst seinen Mund wieder, senkte den Kopf und versuchte sich innerlich auf sein Dasein im Weltall zu konzentrieren.
‚Stella', dachte der Junge, dieses Mal ohne laut zu werden, ‚warum hast du mich nur verlassen? Ausgerechnet jetzt hätte ich dich gebraucht. Du hättest mir helfen können, alles herauszufinden.' Ernst errötete. Er rutschte auf dem Stuhl hin und her und setzte sich aufrecht hin. Dabei spürte er wieder den Blick seiner Mutter auf sich ruhen. ‚Ich hätte dem Rätsel auf den Grund gehen können, soviel ist sicher. Vielleicht sogar mit Sophias Hilfe, überlegte der Junge weiter. Denn gab es im Leben eine wichtigere Frage, die man beantwortet haben wollte, als jene nach der eigenen Herkunft?
„Wer bin ich nur?", entfuhr es dem Jungen. Schon hörte Ernst seine Mutter aufgebracht räuspern und ebenfalls nervös auf dem Stuhl rutschen. Die Füße der Sitzgelegenheit kratzten

leicht über den Boden und gaben ein Geräusch von sich, das den Jungen an gewisse Schulstunden erinnerte, an Kreide, die auf der Tafel abrutschte.

Ernst wolle nichts mehr hören, nichts mehr sehen, am liebsten auch gar nichts mehr fühlen. Er befahl sich, unsichtbar zu werden. Die Taktik kannte er noch aus seiner Kindheit. Es reichte, die Augen zu schließen, um nicht mehr zu sehen und um nicht mehr gesehen zu werden. Der Gedanke ließ ihn laut auflachen.

„Jetzt ist aber gut!", hörte er die Stimme seiner Mutter seltsam verständnisvoll sagen. Doch gut war gar nichts, sinnierte Ernst betrübt, denn vorgestern war Stella gestorben, die Mutter seiner eigenen Mutter. Und damit war der Schlüssel zum verriegelten Raum der Vergangenheit verloren gegangen.

In Gedanken ließ Ernst die eigene Kindheit vor seinem inneren Auge vorbeiziehen. Er war ein Einzelkind einer alleinerziehenden Mutter, hatte seinen Vater nie kennen gelernt.

„Ein unbrauchbarer Kerl", hatten seine Mutter und Stella stets einstimmig versichert. Der Junge hatte viel Zeit mit seiner Oma verbracht. Mit ihr war er spazieren gegangen, sie hatte ihn in die Welt des Kinos eingeführt, hatte ihn zum Wandern animiert und auch in die Schwimmhalle war er stets mit ihr gegangen, da seine Mutter das Chlorwasser nicht vertrug.

„Was ist mit Opa?", hatte Ernst seine Großmutter immer wieder gefragt.

Sie hatte lachend geantwortet: „Ein unbrauchbarer Kerl!"

Jahrelang hatte Ernst das Gefühl beschlichen, Männer seien in seiner Familie grundsätzlich als unbrauchbar eingestuft worden. Vielleicht hatte es daran gelegen, dass er sich früher insgeheim immer gewünscht hatte, ein Mädchen zu sein. Er hatte wohl gefürchtet, ebenso unbrauchbar zu sein wie sein Opa und sein Vater. Im Grunde genommen hatte sich das erst wirklich geändert, als er Sophia kennen gelernt hatte.

Ernst spürte, wie ein Arm ihn von der Seite zum Aufstehen aufforderte. Abrupt öffnete er die Augen und erhob sich. Der Redner, dessen Worte er nicht gehört hatte, musste die Trauernden aufgefordert haben, sich zu erheben. Musik ertönte wieder und Ernst sah mit Entsetzen, wie sich die glänzenden, an Silber erinnernden Torflügel zur Unterwelt langsam öffneten. Natürlich wusste der Junge, dass es sich um eine Vorrichtung handelte, um den Sarg in den Untergrund des Gebäudes zu befördern. Von dort würde die Leiche seiner Großmutter in den Kühlraum und später ins Krematorium überführt, um eingeäschert zu werden. Das Versinken des Sarges sollte wohl an eine Beerdigung erinnern. Ernst musste sich zusammenreißen, um nicht aufzuschreien. Er wollte nicht, dass seine Oma weggeführt wurde, wünschte sie nicht aus den Augen zu verlieren, aus dem Raum zu lassen. Dabei kam er sich reichlich kindisch vor. Schließlich war das vor ihm nicht mehr Stella.

„Wenn Menschen sterben", hatte seine Oma ihm immer und immer wieder gesagt, „dann verlassen sie ihren Körper wie Schmetterlinge die Raupenhülle."

Ernst hatte diese Wahrheit schon als Kind nicht ganz akzeptieren können: „Aber da ist doch noch ein Körper!"

„Ja, Ernst, ein Körper schon, aber der ist leblos und zerfällt. Was sich entwickelt, ist der Schmetterling. Doch der muss weg, will er seine ganze Schönheit entfalten."

Als sich die glänzenden Tore geöffnet hatten, sank der Sarg langsam in den Untergrund. Ernst machte einen Schritt nach vorne, doch er fühlte sich von der Hand seiner Mutter zurückgehalten.

„Bitte, Ernst, mach es nicht noch schlimmer", flehte sie ihn an.

Der Junge blickte seiner Mutter von der Seite ins Gesicht. Er wollte schon aufgebracht antworten. Doch als er ihre traurigen, verweinten Augen sah, verstummte er und senkte den

Kopf zum Boden. Er wollte nichts mehr sehen und wieder ins All verschwinden. Deshalb schloss er erneut seine Augen und stellte sich die Sterne und Sternbilder vor, die ihm Stella beigebracht hatte. ‚Großer Bär, Polarstern, Centaurus, Lyra, Herkules, Wega...', leierte er innerlich die Namen herunter, als handle es sich um ein Gebet. Das Nennen der Gestirne beruhigte ihn seltsamerweise.

„Komm, Ernst, lass uns gehen", durchdrang nach einer Weile Victorias Stimme seine Sternennacht.

Ernst wandte sich von der Empore ab und ging Victoria hinterher ins Freie. „Was nun?", wollte Ernst wissen, als Mutter und Sohn draußen standen.

„Ich muss hier noch einiges erledigen und mit den Trauergästen sprechen. Willst du bleiben oder gehst du lieber heim?"

Ernst blickte zum Ausgang der Abschiedshalle, sah ein Grüppchen alter Leute heraustreten, räusperte sich und meinte leise: „Wenn es dir nichts ausmacht, gehe ich lieber."

Victoria lächelte ihn an: „Aber klar, geh nur. Wir sehen uns später zu Hause."

Ernst stutzte: „Und Stella?"

Victoria räusperte sich: „Was soll mit ihr sein, Ernst? Ihr Körper wird bald den Flammen übergeben. Wenn du willst, können wir, sobald es soweit ist, zur Urnenbeisetzung vorbeikommen."

Ernst nickte, senkte dann den Kopf, wandte sich ab und ging rechts den Kiespfad dem Ausgang zu. Die Bäumchen, die den Weg säumten, waren erst gepflanzt worden. Er stellte sich vor, wie die Kronen der gleichen Pflanzen einmal in der Mitte des Weges zu einem Dach zusammengewachsen sein würden, wenn er in einer unbestimmten Zukunft selber als Leiche an den Ort geführt werden würde, wohin er heute seine Oma zu ihrer letzten Reise begleitet hatte.

Erinnerungen

Vor dem Friedhofseingang stand sein altes Fahrrad, das er aufschloss. Seufzend setzte er sich auf den Sattel und radelte in Richtung Stadt. Die Sonne schien ihm ins Gesicht und er genoss den Fahrtwind. Beim Bertha-von-Suttner-Platz fuhr er die Via Regia entlang über Brühl und überlegte, wie aufregend es doch war, sich täglich auf dieser Straße fortzubewegen. „Via Regia", flüsterte Ernst vor sich hin, „die Königsstraße." Er wusste, dass diese älteste und längste Landverbindung zwischen Ost- und Westeuropa, die seit mehr als zweitausend Jahren bestand, mit viertausendfünfhundert Kilometern Länge acht europäische Länder verband. Das gab Ernst das Gefühl, an einem wichtigen Ort zu leben, in der Nähe einer Straße, die weiter führte, die eine Verbindung zu Anderem, Fremdem war.

Der Junge fuhr vor jenem Haus vorbei, an dessen Fassade eine Inschrift daran erinnerte, dass es sich dabei um das Geburtshaus von einem anderen Ernst handelte, der in dieser Stadt gelebt hatte. Ja, sinnierte der Junge, Ernst-Wilhelm Arnoldi hatte im Jahre 1820 in Gotha die erste Feuerversicherung Deutschlands gegründet und wenige Jahre später die erste Lebensversicherung. Der Junge hatte sein Fahrrad angehalten und war abgestiegen. Er blickte am Haus hoch und überlegte, dass die Lebensversicherung seiner Oma auch nicht weiter geholfen hatte. Wahrscheinlich würde seine Mutter jetzt etwas erben, aber Stella war unwiderruflich weg, verschwunden aus seinem Leben. Tränen liefen dem Jungen über die Wangen. Er wischte sie verärgert weg. „Arnoldi", flüsterte er auf einmal. Jener berühmte Mann hatte auch das Schulwesen gefördert. Ein Gymnasium war auch nach ihm genannt: „Sophias Schule", sprach Ernst vor sich hin. Und Sophia hatte er Dank des Arnoldi-Preises kennen gelernt, den sie im letzten Jahr gewonnen hatte.

Ernst setzte seine Schritte in Gang und spazierte am nächsten Haus vorbei. „Zur goldenen Henne", sprach der Junge vor sich hin und erinnerte sich an Nachmittage, an denen er mit seiner Großmutter durch die Stadt gewandert war. Nur ein Ziel hatten die beiden gehabt, nämlich alle Hausmarken der Stadt zu finden und zu benennen. Natürlich waren sie nie zu einem Ende gekommen. Aber seltsamerweise hatte sich der Junge dabei niemals gelangweilt. Auch jetzt erging es ihm so, denn er blickte an einem Gebäude weiter vorne hoch und las: „Zur güldenen Krone." Ein wahrlich schönes Haus, das offenbar einmal das Gothaer Postamt gewesen war. Das Renaissanceportal wurde von zwei Gemälden von Männern geziert. Stella hatte ihm einst von ihnen erzählt, doch er erinnerte sich nicht mehr daran, wer sie waren. „Stella, warum bist du nur gegangen? Ich hätte noch so viel von dir lernen können." Der Gedanke schmerzte ihn derart, dass er sich am liebsten auf einen der beiden Steinsitze des Tores gesetzt hätte.

Doch Ernst lief weiter, vorbei am Haus des Bären, dessen Darstellung er bewunderte. Das Raubtier kletterte an einem Baumstamm hoch und versuchte Honig aus einer Öffnung zu erhaschen. „Der Gockel", rief Ernst laut aus, als er an einer der nächsten Fassaden den schwarzen Hahn prangen sah. Das war für ihn als Kind stets das Zeichen gewesen, dass er bald zu Hause war. ‚Jetzt noch das Haus zum Tigerross und ich bin angekommen', überlegte er. Und tatsächlich: Als er in die nächste Seitengasse eingebogen war, erblickte er auf der Fassade des Hauses linkerhand das wuchtige Pferd, auf das er sich insgeheim als Kind immer gerne reiten gesehen hatte.

Ernst lebte mit seiner Mutter in einer kleinen Drei-Zimmer-Wohnung in der Jüdenstraße. Das Haus gefiel ihm nicht besonders, doch der Blick aus dem Fenster seines Schlafzimmers tröstete ihn stets, denn er konnte auf ein wunderbares Haus sehen, das einen Erker hatte, auf dem sich eine Darstellung von Luther befand. Auf der anderen Seite, unsichtbar für ihn, hätte er Myconius erblicken können, der berühmte Reformator Gothas. Dafür konnte Ernst ungehindert auf die

Kinder- und Jugendbibliothek sehen. Kein schöner Bau, doch er besuchte das Gebäude oft, um sich mit Lesestoff oder CDs einzudecken.

Als Ernst die Wohnungstüre hinter sich zugezogen hatte, ging er den kurzen Korridor hinunter und öffnete die Türe seines Zimmers. Dann schritt er auf sein Bett zu, setzte sich darauf, ließ den Kopf hängen und stützte ihn in seine Hände, die Ellbogen auf den Knien. „Es ist zum Verrücktwerden", sinnierte er, „da sitze ich, weiß über Luther, Arnoldi, Myconius und weiß Gott wen alles Bescheid, aber ich habe keine Ahnung, wer ich bin."

Unerwartetes

In dem Augenblick läutete das Telefon. Ernst erhob sich und ging ins Zimmer seiner Mutter. Auf dem Nachttisch befand sich das Telefon. „Ernst", sagte er lustlos in den Hörer.
„Du", hörte er Sophia ohne Begrüßung sagen, „ich hab da was gefunden. Komm schnell zum Tempel."
Ernst ärgerte sich. Eben hatte er der Abschiedsfeier seiner Großmutter beigewohnt und Sophia sprach ihn nicht einmal darauf an. „Mir ist jetzt nicht danach", sagte er daher trocken.
„Du musst aber kommen, sofort. Ich hab da was gefunden", wiederholte sie unnötigerweise, wie Ernst fand.
„Was denn?"
„Erinnerst du dich noch an die schöne Holzschachtel von Stella, die du mir geschenkt hast?"
„Ja, und?"
„Ich habe ein Geheimfach gefunden und rate mal, was sich darin befand?"
„Jetzt erzähl schon, Sophia!", antwortete Ernst barsch, dem nicht nach Ratespielen zumute war.
„Da liegen Briefe drin."
„Was für Briefe?", Ernsts Interesse war geweckt.
„Na, Briefe halt. Ich kann die Schrift nicht recht lesen, doch ich denke, es könnte wichtig sein."
Ernst versprach Sophia, sofort zu kommen. Konnte es sein, dass er durch alte Briefe seiner Großmutter etwas über sich selber herausfinden würde?
Der Junge schwang sich wenige Minuten später erneut auf sein Fahrrad und eilte zu Sophia. Wieder fuhr er am Rathaus vorbei, über Brühl, passierte die beiden Gothazeichen, ein gelber und ein roter Turm, und fuhr dann über den Bertha-von-Suttner-Platz die Eisenacher Straße hoch.
Sophia wohnte in der Nähe der Schwimmhalle. Wie so oft trafen sie sich jedoch etwas weiter entfernt auf dem Galberg,

und zwar beim Müller-Tempel. Sophias Eltern waren über die Freundschaft ihrer Tochter mit Ernst nicht sonderlich begeistert und der Junge legte seinerseits keinen Wert auf Diskussionen mit Irina, Sophias Mutter.
„Ernst", hörte der Junge seine Freundin nach ihm rufen. Sophia saß schon auf der Bank im Tempel, wie die beiden ihren Treffpunkt nannten. Dieser war überdacht, was sich immer wieder als günstig erwies, denn die beiden konnten sich bei jeder Witterung draußen begegnen und mussten nicht mit einem Lokal vorlieb nehmen. Einerseits wäre ihnen das auf die Dauer zu teuer geworden, außerdem hätte sie irgendjemand sehen und Sophias Eltern von ihren Treffen erzählen können.
Ernst stieg vom Fahrrad ab und ließ es achtlos auf den Boden gleiten. Mit einem Satz war er bei der Bank angelangt und küsste Sophia zur Begrüßung auf die Stirn.
Die fünfzehnjährige Schülerin besuchte das Arnoldigymnasium und war für dreierlei Eigenschaften stadtbekannt: erstens für ihre mathematischen Leistungen, zweitens für ihre Schnelligkeit beim Schwimmen und drittens für ihre langen, lockigen, braunen Haare. Ernst pflegte jeweils insgeheim ihre blauen Augen noch der Liste hinzuzufügen, denn eben diese hatten ihn vom ersten Augenblick an fasziniert. Sie stellten für ihn ein Fenster mit Blick in den Himmel dar. Nicht ihre Seele erwartete er zu sehen, wenn er ihr in die Augen schaute, sondern die Sterne. Das erging Ernst stets so, wenn er Sophia ansah. Er schalt sich dabei einen Narr, denn wo bitte schön hatte man am blauen Tageshimmel je Sterne erblickt? Und dennoch: ‚Wega, der große Bär, Centaurus...', überlegte der Junge, ‚irgendwann werde ich sie alle in ihren Augen sehen.' Jedes Mal, wenn er Sophia sah, überraschte ihn außerdem ihre Schönheit. Hinzu kam ihre Intelligenz, die ihn in ihren Bann zog.
Ernst hätte nicht behaupten können, in Sophia verliebt zu sein, wobei er mit diesem großen Wort kein Gefühl zu ver-

binden wusste. Natürlich hatte er mit seinen fünfzehn Jahren bereits zahlreiche Filme gesehen, in denen dieses Thema vorkam. Auch hatte er verschiedene Gespräche von Mädchen mitgehört, Radiosendungen verfolgt, Romane gelesen, in denen Liebe angesprochen wurde. Doch eine derart große Empfindung war ihm, das wusste er, unbekannt. Er hatte schon mehrmals jenes große Wort langsam ausgesprochen, Buchstabe um Buchstabe, als erwarte er, dass sich dessen Inhalt durch bewusstes Aussprechen offenbaren würde. Doch er war sich dabei stets reichlich lächerlich vorgekommen.
Selbstverständlich hatte er bereits Frauen erspäht, die ihn in eine seltsame innere Aufregung versetzt hatten. Doch niemals hatte er jenes Glücksgefühl empfunden, das einem offenbar alle Bedürfnisse wie Schlaf, Hunger und Durst raubte.
„Ernst", hörte er Sophia durch seine Gedanken sprechen, „was ist denn mit dir los?"
„Och, nichts", log der Junge und fügte noch hinzu, „Stellas Abschiedsfeier hat mich mitgenommen." Ernst errötete und schalt sich einen Feigling, einen „unbrauchbaren Kerl", dass er den Tod seiner Oma missbrauchte, um seine Unaufmerksamkeit bei Sophia zu entschuldigen.
„Tut mir leid", meinte Sophia bekümmert und legte Ernst einen Arm um die Schultern, „ich hätte dich darauf ansprechen sollen. Die Aufregung um die gefundenen Briefe hat mich alles vergessen lassen."
Ernst spürte die eigene Nervosität zunehmend: „Die Briefe, ach ja, erzähl schon."
Sophia öffnete den grauen Rucksack, den sie stets bei sich hatte, und entnahm ihm ein kleines Bündel alter Briefe, die mit einem weißen Band zusammen gehalten wurden.
„Schau, Ernst, die habe ich in der hübschen Holzschachtel von Stella gefunden."
„Was steht denn drin?", wollte Ernst wissen.

„Ich hab mich nicht getraut, sie zu lesen. Außerdem sieht die Schrift derart verschnörkelt aus...", ließ Sophia den Satz offen.
Ernst blickte hoch und schaute in die Ferne. Die Landschaft vor ihm zeigte den Stadtrand von Gotha, zahlreiche Plattenbauten und viel Natur. Man konnte an klaren Tagen die Hügel und Berge des Thüringer Waldes sehen. Eben war das Grün der Blätter, des Grases noch zart und frisch, denn es war Ende April. Der Winter hatte sich endgültig verabschiedet und alle Fruchtbäume standen in voller Blüte: Kirsch-, Apfel- und Birnenbäume. Der gelbe Löwenzahn zierte sichtbar die Wiesen und im Hintergrund erblickte der Junge gelb leuchtende Rapsfelder.
„Ernst", unterbrach Sophia seine verträumte Beobachtung.
„Ach, Sophia", seufzte Ernst, „ausgerechnet im Frühling musste Stella sterben."
„Es gibt doch keine bessere Zeit. Ich würde zumindest gerne dieses Bild als letztes auf meine Reise in die Ewigkeit mitnehmen", meinte Sophia und blickte Ernst in die Augen.
Der Junge hatte das Gefühl, das Sternbild der Lyra in ihrem Blick gesehen zu haben, musste sich jedoch getäuscht haben. Schließlich war jenes Sternbild nicht am Frühlingshimmel zu sehen. Ernst spürte, wie sich seine Wangen röteten. „Lass uns die Briefe lesen", sagte er hastig.
Sophia überreichte ihm vorsichtig das kleine Bündel Briefe, als handle es sich um ein Kätzchen, das die Augen noch geschlossen hielt.
Ernst legte die Briefumschläge auf seine Knie und seine rechte Hand zitterte leicht, als er mit Zeigefinger und Daumen an jener Schlaufe zog, die Stella wohl vor Jahren zugebunden haben musste.
Als sich das Band gelöst hatte, breiteten sich die Briefumschläge auf Ernsts Knien aus. Es musste sich um ein knappes Dutzend weißer Umschläge handeln, die nichts Außergewöhnliches an sich hatten, außer dass die Ränder etwas vergilbt

waren und die Schrift, mit der die Anschrift geschrieben worden war, seltsam anmutete.
„Stella", konnte Ernst lesen, „Stella Seyfarth", wobei der Buchstabe S auf wunderbare Weise geschwungen war. Die Anschrift war die gleiche, an der Stella bis zu ihrem Ende gewohnt hatte, nämlich die Waschgasse im Zentrum von Gotha.
Fremd muteten die Briefmarken an, die auf einigen Umschlägen angebracht waren.
„Sophia", fast schrie Ernst vor Aufregung, „die Briefe sind in Frankreich abgeschickt worden!"
Sophia nickte ruhig: „Ja, einige sind in Paris eingeworfen worden. Andere haben keine Briefmarke. Die wurden wohl von Hand überbracht."
„Paris", wiederholte Ernst unnötigerweise und tauchte in eine Welt der Träume ab, die ihm den Eiffelturm, Montmartre, Sacré-Coeur und die Seine vor Augen führte. Natürlich kannte er all die Pariser Sehenswürdigkeiten nicht wirklich, denn seine Mutter hätte niemals das Geld für eine solche Reise aufbringen können. Doch zwei Klassenkameraden hatten ihm von Frankreichs Hauptstadt vorgeschwärmt und er hatte einige Filme gesehen, in denen Paris vorkam. Insgeheim hatte er sich vorgenommen, seine erste Reise ins Ausland solle ihn nach Paris führen, wenn er einmal groß sein würde, eine Arbeit hätte, Geld verdienen würde. Er hatte sogar den Plan geschmiedet, seine Mutter und, Ernst schluckte, ja, und Stella einzuladen. Als Dank, dass ihn die beiden Frauen groß gezogen hatten. Seltsam war es schon, dass zumindest ein Teil der Briefe ausgerechnet in Paris eingeworfen worden war.
Sophia zeigte auf einen Umschlag und sagte: „Dieser Brief hier ist 1960 abgeschickt worden. Und was ist das für eine Zahl? Kannst du das Datum entziffern?"
Ernst blickte angestrengt auf den Poststempel, doch die Tinte war außer beim Jahr derart verschmiert und verblasst, dass er den Tag und den Monat nicht entziffern, ja, noch nicht einmal

erahnen konnte. Er blätterte die Umschläge durch und versuchte auf einem anderen Brief ein genaueres Datum auszumachen. „Da, Sophia, schau, da steht, wenn ich es recht lese, 03, also März. Ansonsten ist kaum was zu erkennen."
Sophia runzelte die Stirn: „Ach, ich weiß nicht. Ich kann das gar nicht entziffern." Sie schwieg kurz. „Öffne doch endlich einen Brief!", forderte sie dann Ernst auf.

Entscheidung

Der Junge zögerte noch. Er kannte das Gefühl, das ihn beschlich. Einerseits hätte er am liebsten alle Briefe auf einmal aus ihren Umschlägen gerissen, um sogleich zu lesen, was auf den Blättern stand. Auf der anderen Seite wusste er aus Erfahrung: Jetzt war noch alles offen und möglich. Sobald er gelesen hätte, was vor ihm stand, wäre das Mögliche eingeschränkt gewesen, weil wirklich geworden und dadurch nicht mehr gleich mysteriös. Natürlich wollte er Gewissheit. Selbstverständlich drängte es ihn danach, zu erfahren, wer Stella geschrieben hatte.

„Mach schon", sprach Sophia denn auch, als wäre sie die Personifizierung seiner eigenen Ungeduld.

„Gleich", zögerte Ernst, der anderen Seele in seiner Brust Luft gebend, die ihn zum Innehalten mahnte.

„Was hast du denn?", Sophia hatte offenbar wenig Verständnis für sein Zögern.

„Vielleicht wollte Stella gar nicht, dass ich das lese. Schließlich hat sie ja die Briefe absichtlich weggeschlossen, verborgen."

„Wenn deine Großmutter nicht gewollt hätte, dass du sie liest, dann hätte sie die Briefe zerrissen, weggeworfen, verbrannt. Und was hat sie stattdessen getan? Sie hat dir die Holzschachtel mit den Umschlägen geschenkt."

Das überzeugte Ernst nur teilweise: „Sie waren in einem Geheimfach, das hast du selber gesagt."

„Ach, Ernst, das ist doch typisch Frau. Sie war sich wahrscheinlich nicht ganz sicher. So hat sie es dem Zufall überlassen, ob und wann du die Briefe entdecken würdest."

„Stella glaubte nicht an den Zufall, sondern an Fügung oder Schicksal."

„Dann ist doch alles klar. Sie wollte, dass du irgendwann die Briefe liest, mochte aber den Zeitpunkt dafür nicht selbst bestimmen."

Kurze Zeit schwiegen die beiden Jugendlichen, dann fragte Sophia: „Was hat dir Stella denn gesagt, als sie dir die Holzschachtel gegeben hat?"
„Sie meinte...", Ernst stockte, in seiner Erinnerung kramend, „sie meinte, es sei ein kleines und gleichzeitig das größte Geschenk, das sie mir machen könne."
„Siehst du", meinte Sophia lächelnd.
„Ich dachte damals, sie meine die Sterne, die in den Deckel geschnitzt sind. Der große Bär", sinnierte Ernst weiter.
Doch Sophia war nun nicht mehr zu bremsen: „Ernst, jetzt mach schon", sagte sie bestimmt.
Und so öffnete denn der Junge den ersten Umschlag und entnahm ihm einen mit schöner und doch fremder Schrift geschriebenen Brief. Ernst fand die Handschrift, die er vor sich hatte, wunderschön, aber das Lesen bereitete ihm doch Mühe.
„Kannst du das entziffern, Sophia?"
„Hmh", zögerte Sophia, „schwierig. Die Schrift sieht aus, als ob die Person nicht in Deutschland zur Schule gegangen wäre. In anderen Ländern lernt man gewisse Buchstaben anders schreiben. Schau mal: Das soll wohl ein F sein. Seltsam geschwungen."
„Vielleicht ist die Schrift bloß alt und wir schreiben heute anders."
„Kann schon sein, aber die Handschrift meiner Oma sieht zum Beispiel ganz anders aus."
„Du hast Recht. Stella hat auch nicht so geschrieben. Lass uns mal sehen, wer den Brief verfasst hat." Mit diesen Worten wandte der Junge das Blatt, das er in den Händen hielt, und las: „Ernesto."
Sophia prustete los: „Das bist ja du!"
„Sehr witzig", sagte der Junge trocken. „Wer mag das wohl gewesen sein? Stella hat niemals von einem Ernesto gesprochen. Und überhaupt: Was ist denn das für ein Name!"
„Das ist Italienisch. Ernst, Ernst auf Italienisch. Mensch, ist das nicht spannend?"

„Nein, finde ich nicht", sagte der Junge und seine Stimme klang seltsam bedrückt. Was hatte er denn erwartet, überlegte Ernst betrübt. Schließlich war es anzunehmen, dass versteckte Briefe mit einem Mann zu tun hatten. Aber dass der Schreiber seinen eigenen Namen trug, das gefiel dem Jungen ganz und gar nicht, das war ihm sogar unheimlich.
„Das hat sicher mit dir zu tun", meinte Sophia ernst.
„Wie, mit mir?"
„Na, der Name. Überleg doch: Du heißt bestimmt nicht zufälligerweise Ernst."
„Was heißt da ich? Der heißt ja wie ich."
Jetzt lachte Sophia wieder und Ernst glaubte, Wega in ihren Augen zu erspähen. Doch auch dieser Stern gehörte zur Lyra. Wie um alles in der Welt hätte er ihn also am Frühlingshimmel sehen können? Und überhaupt: Wie kam es bloß, dass Sophia, dieses wunderschöne, intelligente Geschöpf, neben ihm auf der Bank saß, sinnierte Ernst, sich selber vom eigentlichen Thema ablenkend.
„Blödmann! Du heißt bestimmt wegen Ernesto Ernst", sagte Sophia und fügte dann den Witz an, den der Junge nicht mehr hören konnte, „im Ernst, Ernst."
Der Junge schnaubte, drehte den Brief wieder um und versuchte nun zu lesen, was da stand. Zuerst Ort und Datum: Paris, 18. August 1960 entzifferte er die geschwungene Handschrift. Ernst räusperte sich und las langsam und zwischendurch stockend vor.

Liebste Stella, Stern an meinem Himmel,

die Tage ohne dich gleichen einander aufs Schmerzlichste. Ich zähle die Stunden, bis du bei mir bist und weiß: Noch muss ich über einen Monat warten.
Bin ich es nicht gewohnt, mich mathematisch, physikalisch, ja, astronomisch ans Unendliche heranzutasten? Und doch

scheinen mir Tage, Stunden und Minuten ohne dich leer und bis ins Unerträgliche in die Länge gezogen.
Das Arbeiten in Paris bereitet mir Freude, obwohl mich meine mangelhaften Französischkenntnisse manchmal verzweifeln lassen. Bis jetzt behalf ich mich meiner italienischen Mutter- oder besser gesagt der Vatersprache, die zum Glück oft sehr hilfreich ist. Die deutsche Sprache, die meine Gothaer Mutter stets mit mir gesprochen hat, ist hier auf jeden Fall nahezu unbrauchbar.
Ach, Stella, du wirst Paris lieben. Ich wandere täglich durch die Straßen dieser wunderbaren Stadt und weiß schon, wo wir essen werden, welchen Ausblick ich dir zuerst zeigen möchte. Auch kann ich mir vorstellen, welches deine Lieblingsecken sein werden. Lass dich überraschen und versprich mir jetzt schon, dass du auch einmal meine Heimatstadt Bologna kennen lernen wirst.
Auf deine Augenlider lass dich sanft von mir küssen.

Dein Ernesto

Sophia und Ernst blickten gebannt auf den Brief und sprachen eine Weile kein Wort. Dann schauten sie gleichzeitig auf und ihre Blicke trafen sich. Beide erröteten. Es war, als hätten sie durch ein Schlüsselloch in die Vergangenheit geblickt, dabei eine Situation erspäht, die nicht für sie gemeint war. Und so spürten sie, dass es Geheimnisse und vielleicht sogar Zeitbegebenheiten gab, bei denen es manchmal durchaus Sinn machte, dass sie den Nachfahren verborgen blieben.
„Was steht dort noch?", fragte Sophia.
Tatsächlich hatte Ernesto am Ende der Seite noch etwas hinzugefügt. Ernst las:

P.S.: Grüße unseren Tempel von mir und küsse das „S", das ich in die Baumrinde geritzt habe. Zwar schäme ich mich für meine Tat und bin dennoch glücklich, dass wir auf diese Weise in Gotha vereint sind.

„Und jetzt?", fragte Ernst, der die Atmosphäre zu angespannt empfand, um schweigen zu können.
„Was hat er bloß mit dem Tempel gemeint?", fragte Sophia mit zitternder Stimme.
„Du denkst jetzt hoffentlich nicht an unseren?", fragte Ernst.
„Welchen denn sonst? Es gibt ja keinen anderen in Gotha", erwiderte Sophia.
Ernst schwieg eine Weile, meinte dann: „Doch, zum Beispiel den Frank-Tempel. Der steht ja auch auf dem Galberg. Oder den Merkur-Tempel im Schlosspark."
„Stimmt. Aber es könnte durchaus unser Treffpunkt gemeint sein."
„Dann...", Ernst stockte und Sophia sprach seinen Gedanken zu Ende:
„Dann müsste hier irgendwo ein S in einem Baum eingeritzt sein. Aber wo?"
„Lass uns suchen", meinte Ernst auf einmal überzeugt.
Die beiden Jugendlichen durchforschten die nähere Umgebung des Müller-Tempels. Es war Sophia, die nach einer Weile mit zitternder Stimme rief: „Ernst, komm schnell!"
Der Junge eilte heran und seine Knie wurden weich, als er die Baumrinde, auf die Sophia deutete, betrachtete. Da war ein Herz eingeritzt worden und darin befanden sich, mit einem Zeichen der Unendlichkeit verbunden, zwei Buchstaben: ein S und ein E.
„Das ist doch nicht möglich", stöhnte Ernst und überlegte, dass Ernesto und Stella vor bald fünfzig Jahren an der gleichen Stelle gestanden haben mussten.
„Ernst...", Sophia keuchte.
„Was ist, geht es dir nicht gut?"
„Hast du das gesehen, Ernst?"
„Klar, natürlich habe ich es gesehen."

„Nein, Ernst, schau dir doch die Buchstaben an."
Ernst ärgerte sich über Sophia. Zwar war ihm bewusst, dass er nicht so intelligent wie sie war, doch lesen konnte er wohl noch.
„Da steht E und S", meinte Sophia.
„Klar, E für Ernesto und S für Stella", fügte Ernst hinzu.
„Nicht nur, Ernst. Denk nach: E für Ernst und S für Sophia."
Gänsehaut breitete sich auf Ernsts Arme aus, gleichzeitig bildeten sich Schweißperlen auf seiner Stirn. „Das ist bloß Zufall, Sophia", sagte er ohne Überzeugung, musste dabei an seine Worte von vorher zurückdenken.
„Klar, mag sein. Aber es beunruhigt mich. Wir treffen uns am gleichen Ort, finden zusammen die Briefe, lesen sie und unsere Initialen sind die gleichen wie ihre. Mir ist das unheimlich."
„Ach, komm schon, Sophia", antwortete Ernst und kam sich feige vor, denn im Grunde seines Herzens empfand er das gleiche Gefühl wie sie.
„Lass uns zum Tempel zurückgehen und uns hinsetzen. Ich muss nachdenken."
Nachdem die beiden Jugendlichen eine Weile lang schweigend auf der Bank des Tempels sitzen geblieben waren, meinte Ernst sachlich: „Hör zu, Sophia, eigentlich ist der Zufall gar nicht so groß. Dass wir beide die Briefe entdeckt haben, das bedeutet nicht viel, zumal du sie eigentlich gefunden hast. Und dass wir einen zusammen gelesen haben, hat damit zu tun, dass wir befreundet sind. Klar, wir treffen uns hier wie meine Oma und ihr Ernesto damals. Doch gibt es in Gotha so viele Orte, die derart bequem für ein halbwegs verstecktes Treffen sind und auch noch so hübsch anzusehen sind wie dieser hier? Schließlich hatten die beiden wohl auch keine Zeit, eine lange Wanderung zu unternehmen, wenn sie sich treffen wollten."
„Stimmt, außerdem waren damals die Sitten wahrscheinlich strenger als heute. Die beiden mussten sich wohl im Verborgenen treffen."

„Dafür haben wir es heute mit deinen Eltern zu tun", antwortete Ernst unwirsch.
„Ja, ich weiß, tut mir ja leid", antwortete Sophia.
„Außerdem", sprach Ernst weiter, ohne das Thema von Sophias Eltern zu vertiefen, „sind auch die Initialen nicht sonderlich zufällig. Schließlich hast du gesagt, dass es kein Zufall ist, wenn ich Ernst heiße. Nehmen wir einmal an, ich heiße wegen Ernesto so. Mir gefällt der Gedanke zwar ganz und gar nicht, aber nehmen wir es einmal an. Dann ist der Zufall nur so groß, dass du eben wie Stella einen Vornamen hast, der mit S beginnt. Und davon gibt es eine ganze Reihe: Sabine, Simona, Sibylle..."
„Stimmt...", unterbrach ihn Stella zögernd, „trotzdem ist es mir unheimlich."
„Und jetzt?", fragte Ernst.
„Keine Ahnung", Sophia hob dabei die Schultern. „Vielleicht sollten wir einfach die anderen Briefe lesen, um mehr zu erfahren."
„Vielleicht sollten wir die Briefe verbrennen und das Geheimnis meiner Großmutter dort lassen, wo es hingehört, nämlich in der Vergangenheit."
„Mag sein, Ernst. Das kann ich nicht für dich entscheiden. Doch ich glaube, Stella wollte, dass du davon erfährst. Was auch immer das, was hier steht, zu bedeuten hat. Ansonsten hätte sie dir nicht die Holzschachtel mit den Briefen geschenkt. Sie wünschte sich, dass du irgendwann einmal die Wahrheit über die Vergangenheit erfahren würdest."
„Ich weiß nicht", zögerte Ernst noch immer.
Wieder saßen die beiden Jugendlichen schweigend auf der Bank. Dann fasste Ernst einen Entschluss: „Die Briefe haben lange in der Holzschachtel gelegen. Ich lass mir Zeit und überlege mir, was ich tun soll. Auch könnte ich meine Mutter ansprechen. Vielleicht weiß sie etwas über Ernesto und Stella. Möglich, dass sie mir jetzt, da meine Großmutter gestorben ist, die Geschichte erzählen wird."

„Ach, Ernst, ich bin so gespannt, was da steht. Wie kannst du das bloß aushalten?", Sophia quengelte wie ein kleines Kind. So hatte Ernst Sophia noch nie erlebt. „Ich habe Angst", sagte der Junge, weil ihm bewusst wurde, dass nur die Wahrheit in diesem Augenblick überzeugen konnte. „Ich habe Angst vor dem, was da steht. Ich fürchte mich auf einmal davor, mehr zu erfahren."
„Aber du wolltest doch immer wissen, wer du bist."
„Stimmt. Doch eines ist es, einen Wunsch zu haben, der nicht in Erfüllung geht. Da kann man sich alles Mögliche vorstellen und sich natürlich nur auf Schönes beschränken. Etwas anderes ist es, wenn man Gewissheit bekommt. Dann ist Schluss mit dem Träumen und man muss mit der Wirklichkeit fertig werden."
Sophia schwieg eine Weile, meinte dann: „Seltsam, dass gerade du als Mathe-Genie dich so vor Festgelegtem fürchtest."
„Dieser Spruch ist deiner unwürdig, Sophia."
Sophia, die für ihre Mathematikleistungen stadtbekannt war, nickte betreten.
„Sollen wir uns übermorgen treffen?", fragte der Junge auf einmal.
„Am Freitag? Na, klar, dann beginnt auch das Gothardusfest."
„Das hatte ich ganz vergessen."
„Ich möchte gerne das Feuerwerk mit dir sehen."
„Treffen wir uns bei der Orangerie?"
„Ja, aber wo genau? Bei all den Menschen werden wir uns bestimmt verpassen."
„Nein, Sophia. Wir treffen uns beim Teeschlösschen, in der Nähe unserer Wiese."
„Ja", Sophia nickte.
Ernst legte den gefalteten Brief in seinen Umschlag, ordnete die Kuverts und steckte sie, so sorgfältig es ging, in seine Jackentasche. Er stand auf und küsste Sophia auf die Stirn. Dann drehte er sich um und wandte sich seinem Fahrrad zu, das noch immer im Gras lag.

„Ernst", rief ihm Sophia noch nach.
„Ja?", antwortete der Junge.
„Lass mich wissen, wenn du etwas erfährst", sagte Sophia unsicher und fügte noch hinzu, „bitte."
„Klar", meinte der Junge und schwang sich aufs Fahrrad. Dann radelte er vom Müller-Tempel weg, ohne sich nochmals zu wenden, denn Tränen füllten seine Augen und der Fahrtwind hatte sie ihm über die Wangen geweht. Sophia sollte ihn nicht weinen sehen. Das wollte er mit allen Mitteln vermeiden.

Remember

Als Ernst nach Hause kam, fand er seine Mutter auf dem kleinen Sessel im Wohnzimmer sitzen und eine Zeitung lesen.
„Ach, Ernst, da bist du ja. Ich habe dich vermisst", meinte sie mit einem sanften Lächeln um ihre Lippen. Doch Ernst sah ihren Augen an, dass Victoria traurig war.
„Ich habe mich kurz mit Sophia getroffen."
„Schön, das hat dir sicher gut getan", meinte seine Mutter.
Ernst setzte sich auf das Sofa und räusperte sich: „Mama, sag mal, weißt du etwas über Stella? Ich meine über ihr Privatleben?"
Victoria lachte: „Wie meinst du das denn? Du weißt doch alles über deine Großmutter."
„Das stimmt doch gar nicht. Ich habe zum Beispiel keine Ahnung, wer dein Vater, das heißt wer mein Großvater ist."
„Ach nein, Ernst, geht das Thema mit den unbrauchbaren Kerlen jetzt wieder los? Du weißt doch, dass Stella und ich uns keine brauchbaren Männer ausgesucht haben. Darauf sind wir nicht besonders stolz, aber die Herren spielten auch keine große Rolle in unseren Leben."
„Mama, bitte", Ernst musste sich zusammenreißen, um nicht aggressiv zu werden, „erzähl mir doch endlich, was du weißt."
Victoria blickte auf den Boden. Nach einer Weile meinte sie: „Also gut: Dein Urgroßvater hieß Friedrich. Er war Beamter. Seine Frau Margarethe ist gestorben, als Stella geboren wurde. Und so hat dein Urgroßvater deine Oma alleine großgezogen, was eine echte Leistung war. Normalerweise hätte man ihm Stella weggenommen, doch mit Hilfe einer Tante, die nie geheiratet hat, konnte seine Tochter bei ihm bleiben."
„Woran ist denn mein Urgroßvater gestorben?", wollte Ernst wissen.
„Ich weiß es nicht genau. Aber er war die letzten zwei oder drei Jahre ans Bett gefesselt und ist 1962 gestorben. Stella

hat ihn die ganze Zeit gepflegt und natürlich bin ich auch noch auf die Welt gekommen."

„Halt, stopp, langsam. Wie war das? Er ist gestorben, als du geboren wurdest? War Stella damals schon verheiratet?"

Victoria lachte: „Seit wann muss man verheiratet sein, um Kinder zu zeugen? Das habe ich dir bestimmt nicht beigebracht!" Ernst errötete, war aber auch etwas aufgebracht, denn jetzt ging es nicht um solch geringe Lappalien, sondern darum, herauszufinden, wer er war. Also nahm er wieder einen Anlauf und sagte: „Ist ja gut, Mama. Jetzt erzähl schon."

„Dein Urgroßvater ist im Juli 1962 gestorben. Ich dagegen bin bereits 1961 geboren, am 13. August. Genau in der Nacht, als die Berliner Mauer gebaut wurde."

„Und was ist mit deinem Vater?"

„Mein Vater, aber das weißt du ja, hieß Ludwig. Er und meine Mutter haben erst Jahre später geheiratet, da war ich schon fünf oder sechs."

„Und du bist sicher, dass er dein Vater war?"

„Na, hör mal! Ich wüsste von keinem anderen Mann in Stellas Leben. Davon hätte sie mir bestimmt erzählt. Sie war für ihre Generation eine fortschrittliche, emanzipierte Frau. Außerdem darfst du nicht vergessen, dass deine Oma in jenen Jahren sehr mit ihrem eigenen Vater beschäftigt war. Sie ist kaum je von seiner Seite gewichen."

„Stella war nie in Paris?", wagte es Ernst, seine Mutter zu fragen.

„Wie kommst du auf Paris? Stella hat oft von der französischen Hauptstadt geschwärmt, hat sich auch immer wieder Bücher aus der Bibliothek geholt und Dokumentarfilme angeschaut. Doch in Paris war sie bestimmt nie. Sie hätte sich das auch gar nicht leisten können. Außerdem war da mein Opa, den sie zu versorgen hatte."

„Du willst doch nicht behaupten, dass sie nie aus Gotha weggegangen ist."

„Nein, Ernst, aber soviel ich weiß nur einmal. Sie durfte wegen einer Familienfeier ausnahmsweise ein paar Tage in den Westen. Sie muss unheimliches Glück gehabt haben, denn Lehrer ließ man damals kaum rüber. Dennoch war das offenbar ein großes Drama für meinen Opa."
„Wann war das?", endlich ein Hinweis, dachte Ernst schon.
„Keine Ahnung...", zögerte Victoria.
„Denk nach", drängte Ernst.
„Du willst doch nicht im Ernst meinen, ich müsste das wissen. Ich bin erst 1961 geboren! Mein Vater war bestimmt Ludwig, zerbrich dir darüber nicht den Kopf. Meine Mutter hätte mir erzählt, wenn es da etwas zu berichten gegeben hätte."
„Was hat er denn gemacht, mein Opa?"
„Dein Großvater, also mein Vater, war ein Hochstapler. Er hatte meiner Mutter vorgegaukelt, in Leipzig Medizin studiert zu haben. Doch das stimmte nicht. Stell dir vor, der ist ein paar Jahre lang angeblich täglich um die gleiche Zeit mit dem Zug ins Krankenhaus nach Erfurt gefahren. Doch im Nachhinein hat meine Mutter herausgefunden, dass er sich dort in gewissen Lokalen herumgetrieben hat. Ich war etwa acht oder neun Jahre alt, als sie ihn aus dem Haus geschmissen hat. Seither habe ich nichts mehr von ihm gehört."
Ernst sinnierte vor sich hin. Einiges, was ihm seine Mutter eben erzählt hatte, wusste er bereits, anderes war ihm neu. Nach einer Weile meinte Victoria noch: „Stella hat ja am Gymnasium Deutsch unterrichtet. Deutsch und Geschichte. Für mich war stets gesorgt, und zwar nicht nur finanziell. Nachmittags und im Urlaub war sie immer für mich da. Ich kann nicht sagen, dass mir mein Vater gefehlt hätte. Außerdem war das bei anderen Klassenkameradinnen von mir nicht anders. Da gab es kaum eine so genannte intakte Familie. Das einzige, was mich oft traurig stimmte, war, dass ich keine Geschwister hatte. Wahrscheinlich war der Lebenswandel meines Vaters dafür verantwortlich, dass er nicht zeugungsfä-

higer war. Oder Stella hatte sich dazu entschieden, keine weiteren Kinder mehr mit ihm zu zeugen", schloss seine Mutter bitter.

„Und was ist mit meinem Vater?", stellte Ernst die schwierigste aller Fragen.

„Ach, komm, lass uns nicht weiter über unbrauchbare Kerle sprechen. Es reicht schon, dass wir über Ludwig geredet haben. Außerdem führt das zu nichts. Oder willst du behaupten, dir hätte je ein Vater gefehlt?"

Genau so redete sich Victoria stets heraus. Was hätte der Junge nur antworten sollen, ohne seine eigene Mutter zu beleidigen oder zu verletzen? Er musste Nein sagen und sie beruhigen. Hätte er Ja gesagt, dann wäre Victoria in Tränen ausgebrochen oder vielleicht noch schlimmer: Sie hätte ihm traurig in die Augen geschaut. Und das konnte Ernst nicht ertragen, das wollte er nicht aushalten müssen.

„Mama", fragte er deshalb, das Thema geschickt wechselnd, „wie bist du eigentlich auf meinen Namen gekommen?"

„Wieso? Gefällt er dir nicht? Es ist doch ein geschichtsträchtiger Name. Vor allem hier in Gotha."

„Eigentlich nicht, nein. Ernst, das klingt so... so...", stockte der Junge.

„Du meinst so ernst?", fragte seine Mutter und lachte gespielt fröhlich.

„Ja."

„Dein Vater war ein solcher Luftikus, dass mir ein Gegensatz zu seinem Lebenswandel und Charakter zu passen schien. Außerdem fand ihn auch Stella schön."

„Hat sie ihn vorgeschlagen?", drängte es Ernst, seine Mutter zu fragen.

„Kann sein, ich weiß es nicht mehr. Lass mich überlegen. Aber klar, doch, ich glaube schon. Sie hatte ein Buch gelesen. Eine Geschichte, in der die Hauptfigur Ernest oder Ernesto hieß. Auf jeden Fall fand sie den Namen in einer südländischen

Fremdsprache toll. Ich weiß noch, dass ich mich geweigert habe, schließlich sind wir weder Italiener noch Franzosen. Ich hätte es gewollt gefunden, dich so zu nennen. Aber Ernst: Doch, der Name gefiel mir."

„Ernesto", sagte Ernst und betonte jede Silbe des Wortes. Vielleicht hoffte er, dass ihm dabei der eigene Name mehr über ihn selber offenbaren würde. Doch nichts geschah. Also stand er auf: „Ich geh noch Hausaufgaben erledigen. Morgen schreiben wir eine Französischprüfung."

Doch im eigenen Schlafzimmer angekommen, zog Ernst die Briefe an Stella aus der Jackentasche und legte sie in eine Schublade seines Schreibtisches. Er verbarg sie unter einigen Blättern eines Vortrages, den er einige Tage davor geschrieben hatte. Dann legte er sich auf sein Bett und war kurze Zeit später eingeschlafen.

Donnerstag: Orakelhafte Reise

Erwachen

Als Victoria am nächsten Morgen ihren Sohn wecken wollte, war sie verblüfft, als sie ihn angezogen auf dem Bett liegend vorfand. „Ernst", sagte sie und streichelte ihm zärtlich über die braunen, kurzen Haare.
Nach einer Weile öffnete der Junge die Augen und blickte seiner Mutter erstaunt ins Gesicht. „Was machst denn du hier?", wollte er wissen.
Victoria lachte: „Die Frage ist wohl eher, was du hier angezogen treibst. Sag bloß, du hast dich gestern gar nicht ausgezogen und bist einfach auf dem Bett eingeschlafen."
Ernst setzte sich auf, fuhr sich verschlafen durch die Haare, gähnte und meinte: „Muss wohl so gewesen sein. Mich hat der gestrige Tag ganz schön mitgenommen. Wann findet eigentlich die Urnenbeisetzung statt?"
„Ach ja, das habe ich ganz vergessen, dir zu sagen. Stella wollte unter den grünen Rasen. Sie werden uns Bescheid geben, sobald genügend Urnen beisammen sind. Dann können wir zur Beisetzung hingehen. Allerdings kann das noch einige Wochen dauern."
„Ich möchte auf jeden Fall dort sein. Stella soll nicht alleine unter die Erde müssen. Ich will anwesend sein."
Victoria räusperte sich: „Es ist Zeit, dass du aufstehst."
Ernst fand sich in einer verkehrten Welt wieder, denn statt sich wie jeden Morgen anzuziehen, kleidete er sich erst einmal aus, duschte, um sich danach wieder in frische Kleider zu stürzen. Das Frühstück ließ er salopp sausen, da er zur Schule eilen musste. Zwar wohnte er keine fünf Minuten vom Ernestinum entfernt, doch es war bereits spät.
Der Vormittag in der Schule verlief ohne besondere Vorkommnisse. Vielleicht lag es daran, dass Ernst nicht wirk-

lich bei der Sache war, sondern viel eher in Sphären schwebte, in denen Themen wie das All, der Tod und das Leben im Zentrum standen. Daher war er erleichtert, als die Glocke läutete und das Ende der Schulzeit für jenen Donnerstag einläutete.

Reue

Der Junge hatte einen Plan für seinen freien Nachmittag. Er wollte unbedingt den Schlosspark aufsuchen. Deshalb eilte er nach Hause, bereitete ein paar Brote mit Wurst und Käse vor, packte noch eine Wasserflasche dazu und begab sich dann auf den kleinen Hügel, vorbei am noch still gelegten Wasserspiel, vorbei am schönen Haus, in dem zeitweise Cranach zu Besuch gewesen war. Er blieb kurz stehen, um die Hausmarke zu studieren. Es war, soviel er wusste, eine der wenigen, die zweigeteilt war und die Embleme beider Eheleute zeigte: links das Zeichen der Ehefrau Barbara Brengebier, eine Tochter des damaligen Bürgermeisters von Gotha. Auf der rechten Seite sein eigenes Mahl, mit dem er auch seine Bilder signierte: die Schlange mit den Flügeln und dem Rubinring im Mund. Cranach hatte nicht nur wunderschöne Bilder gemalt, die Ernst mehrmals im Museum des Schlosses Friedenstein bewundert hatte, er war sogar Trauzeuge von Luther gewesen. Außerdem hatte der Junge es fast nicht fassen können, als er vor einiger Zeit im Vorspann zur Fernsehserie „Desperate Housewives", die seine Mutter eine Zeitlang gern gesehen hatte, Cranachs Darstellung von Adam und Eva erkannt hatte. Zwar hing jenes Kunstwerk nicht in Gotha, und doch war die Ähnlichkeit zu manchem Werk, das der Junge in seiner Heimatstadt gesehen hatte, unverkennbar.

Ernst lief die halbkreisförmige Rampe, wie er den Aufgang zum Schloss insgeheim nannte, hoch und blickte auf die Statue jenes Ernsts, den man den Frommen genannt hatte und der für den Bau des Gothaer Schlosses verantwortlich war. Passenderweise hielt er die Ernestinische Bibel in seiner Hand, deren Urheber er war. Witzig empfand der Junge, dass man, kehrte einem Ernst der Fromme den Rücken zu, einen Helm sah, der leicht verborgen unter seinem Mantel hervorblickte. Das wies darauf hin, dass Ernst zwar mit Friedenstein, wie es der Name des Schlosses andeutete, gerade

während des Dreißigjährigen Krieges ein klares Zeichen für den Frieden hatte setzen wollte, dass er aber dennoch nicht gewillt war, sich kampflos fremden Mächten hinzugeben. Davon sprachen auch die Kasematten ganze Bände. Als Junge war er mehrmals mit Stella diese gut dreihundert von den vorhandenen dreitausend Metern unterirdische Festungsanlage abgeschritten. Es hatte ihn fasziniert, wie ausgeklügelt das System der Verteidigung war.
„So viel Aufwand, um sich zu verteidigen. Eine einzige Verschwendung! Und nie wurde die Anlage benutzt." Das hatte Stella immer wieder gesagt. Ihr war jedoch bewusst gewesen, dass vielleicht gerade wegen dieses sicheren Systems das Schloss nie angegriffen worden war.
Damals hatte ihm seine Großmutter gesagt: „Sieh, Ernst, jetzt sind wir wieder im Schoss von Mutter Erde. Denk immer an die vier Elemente: Wasser, Feuer, Erde und Luft. Sie beinhalten fast alles, was das menschliche Leben ausmacht. Fühle jetzt, wie nah wir dem Ort unseres Ursprungs und Endes sind. Gerade hier unten, in dieser Feuchte und relativen Wärme."
Ernst hatte sich damals über die Worte seiner Oma gewundert. Ihm war es unter der Erde nicht besonders behaglich vorgekommen. Interessant waren die Kasematten zwar gewesen, das schon. Aber von Wärme hatte keine Rede sein können, denn es war Sommer gewesen und er hatte gefroren, soviel wusste er noch.
Unterdessen war der Junge beim Tor des Schlosses angelangt. Er konnte nicht umhin, das schöne Emblem mit dem Kuss zu bewundern. Vor nicht allzu langer Zeit war diese Kopie restauriert worden und prangte in leuchtenden Farben. Zwei Figuren, Justitia und Pax, Friede und Gerechtigkeit, küssten sich: der Friedenskuss. Darüber stand: „Friede ernährt, Unfriede verzehrt." Kurz vor dem Westfälischen Frieden angebracht, zeigte es Ernsts Meinung nach das sich abzeichnende Ende des Dreißigjährigen Krieges an.

Doch Stella musste diesen Kuss anders verstanden haben. Mehrmals hatte sie beim Anblick der Darstellung gemeint: „Schau, Ernst, das habe ich nie geschafft. Ich hätte den Friedenskuss geben sollen, doch mein Herz war dafür leider stets zu eng." Ernst hatte seine Großmutter immer wieder gefragt, was sie damit meinte, doch sie hatte nur den Kopf geschüttelt. Der Junge hatte es nicht gewagt, zu insistieren, denn er hatte Tränen in Stellas Augen gesehen.

Der Junge sinnierte noch immer über die Worte seiner Oma nach, als er die beiden ungleichen Türme erspähte: das Wahrzeichen Gothas.

„Ungleich sind wir, Ernst", hatte Stella oft gesagt, „denk daran. Wenn du dich je verlieben solltest, dann vergiss nicht, dass eine gute Beziehung Unterschiede respektieren können muss. Gotha zeigt uns das jahrein jahraus. Aber auch das habe ich zu spät erkannt."

Ernst hatte früher stets gefunden, dass das Ungleichgewicht zwischen den Türmen unschön war. Doch in den letzten Jahren hatte sich sein Geschmack verändert. Diese Laune der Architektur fand er spannend und bezeichnend. Auch verstand er heute die Worte seiner Oma besser, dachte er jetzt zum Beispiel an sich und Sophia.

Der Junge überquerte später eine Straße, ging am Museum der Natur vorbei und lief durch den Schlosspark. Er liebte diesen grünen, idyllischen Ort seiner Stadt. Aber heute drängte es ihn zum See, und als er endlich davor stand, wurde ihm das Herz schwer, denn das Wasser war verschwunden. Natürlich wusste er, dass der Leinakanal in dieser Zeit still gelegt wurde, um Reparaturarbeiten zu ermöglichen. Auch war ihm bekannt, dass der kleine See dann trocken gelegt war und die Insel in dessen Mitte zum Hügel wurde. Dennoch blickte er traurig auf den Graben und merkte im gleichen Augenblick, dass auch ein Entenpaar in seiner Nähe ähnlichen Blickes ins leere Teichbecken schaute.

Ernst fasste sich ein Herz, blickte sich um, ob jemand in der Nähe war, und lief dann den kleinen Hang hinunter, bis er nach wenigen Metern ein paar Schritte nach oben steigen konnte. Schon befand er sich auf jener Insel, auf der man früher, wollte man Stella und seiner Mutter glauben, mit kleinen Booten anlegen konnte. Der Junge lief durch Gras, Brennnesseln und Osterglocken, bis er einen Grabstein entdeckte. In dessen Nähe setzte er sich auf den feuchten Boden.
Hier auf der Parkteichinsel waren Herzog Ernst II, seine Söhne Ludwig, Ernst, August, Friedrich und seine Schwiegertochter Karoline zwischen 1777 und 1848 beigesetzt worden. Zu sehen war jedoch nichts mehr davon. Anders sah es dagegen mit dem Grab eines Säuglings aus.
Mit Mühe las Ernst, was auf dem Grabstein stand: „In loving memory of Maurice Francis George of Teck, born March 29. 1910, died September 14. 1910, Son of Prince and Princess Alexander of Teck." Und um das Grab selber standen folgende Worte in den Stein gemeißelt: „(An)...swerd and said: „The master and the gardener held his peace. Oh! Said the gardener as he passed down the path. Who plucked this flower? Who destroyed ...(it)?"
Ein Teil des Textes war nicht mehr zu lesen, weil der Stein abgebrochen war. Ernst hatte einmal ein ähnliches Gedicht gelesen:

The gardener asked,
who plucked this flower?

The Master said,
I plucked it for Myself.

And the gardener
held his peace.

Der Gärtner stand bestimmt für einen Menschen, der feststellt, dass in seinem Garten Blumen gepflückt worden waren, das heißt, dass Angehörige hatten sterben müssen. Doch der Meister, der wohl das Symbol Gottes war, brachte den Gärtner zum Schweigen, indem er ihm erklärte, er habe die Blumen für sich gepflückt.
Stella hatte einmal etwas dazu gesagt. Was war es gewesen? Es hatte mit Kindern zu tun, die zu früh sterben und mit anderen, die ohne Eltern leben müssen. Hätte er doch nur besser hingehört, hätte er gefragt. Nun war Stella gestorben und er konnte nichts mehr von ihr erfahren.
Ernst stand auf und begab sich zur Sphinx. Die hatte er als Kind weit mehr geliebt als das kalte, traurige Grab. Ihm war stets gewesen, als wüsste dieses Wesen, halb Mensch, halb Tier, mehr vom Leben als er. Auch jetzt blickte der Junge der Statue in die Augen und versuchte herauszufinden, was sie ihm zu erzählen hatte. Das Geschlecht der Sphinx war männlich, das wusste Ernst, obwohl man für das Nomen im Deutschen die weibliche Form verwendete. Ihm war auch bekannt, dass das Sandsteingebilde dem herzoglichen Rat August Geutebrück gewidmet war.
Lieber aber sinnierte der Junge darüber nach, ob die Sphinx als Wächter der Gräber hier stand. Würde ihn das Wesen erwürgen, falls er auf ein ihm gestelltes Rätsel keine Antwort finden könnte? Aber um welche Frage konnte es sich bei ihm schon handeln, wenn nicht um die nach seiner Abstammung? Und ausgerechnet auf dieses Fragezeichen, das ihm selber derart wichtig war, fand er keine Antwort.
„Wer bin ich?", fragte der Junge die Statue.
Doch die Sphinx blieb starr, unbeweglich und stumm.
Ernst hätte nicht genau sagen können warum, doch er fand es passend, sich zu Füßen der Sphinx niederzusetzen und dort zu Mittag zu essen. Er blickte dabei über den kleinen Graben vor ihm und sah auf die andere Uferseite. Alte Menschen spazier-

ten auf dem Weg, Kinder kamen ab und an in Begleitung ihrer Mütter, Väter oder Großeltern angerannt. Einige hatten Bälle in der Hand, eines war mit seinem Springseil beschäftigt, ein anderes fuhr auf einem kleinen Fahrrad und lachte.

Der Junge merkte nach einer Weile, dass sein Gesicht von seinen Tränen nass geworden war. Er wischte diese weg und fragte sich, ob er auf dem besten Weg war, eine Heulsuse zu werden. War das Trauer, was er da empfand? Natürlich fühlte er sich traurig und aufgewühlt wegen des Todes von Stella, und doch war er auch erleichtert, weil seine Großmutter sich das eigene Ende herbeigesehnt hatte, als sie erfuhr, wie krank sie war. Die letzte Woche im Krankenhaus musste seine Oma als Qual empfunden haben. Schließlich war sie Zeit ihres Lebens auf niemanden angewiesen gewesen. Bestimmt hatte sie es erniedrigend empfunden, auf einmal ans Bett gefesselt und derart abhängig zu sein. Vielleicht hatte sie an ihren Vater denken müssen, der über Jahre bettlägerig gewesen war. Dieses Schicksal hätte Stella bestimmt nicht teilen wollen.

Als der Junge den letzten Bissen seines Brotes aufgegessen und einen großen Schluck Wasser getrunken hatte, legte er sich aufs Gras, schloss die Augen und erfreute sich der Sonne, die ihm direkt ins Gesicht schien. Durch die geschlossenen Augen versuchte er die Farbe, die er sah, zu bestimmen. Es war ein Rot, das ins Gelb und Orange ging: „Feuer", flüsterte er, „das ist die Farbe des Feuers."

„Meine Hülle soll verbrannt werden", hatte Stella noch letzte Woche gesagt, „die Asche hätte ich gerne in einer kugelförmigen Urne. Sie soll den Nachthimmel darstellen, mit dem Mond und den Sternen."

Ernst erinnerte sich noch an den entsetzten Blick seiner Mutter, als sie seiner Oma geantwortet hatte: „Du bist ja völlig verrückt. Das ist bestimmt nicht erlaubt. Und überhaupt: Wo soll ich eine solche Urne finden?"

„In meinem Kleiderschrank, rechts oben. Ich wünsche in einer Urne zu sein, welche die Elemente Luft und Feuer versinnbildlicht. Darin möchte ich unter der Erde begraben sein. Und wenn es dann regnet, gesellt sich das Wasser dazu. Der Gegensatz gefällt mir: Luft und Erde, Feuer und Wasser."
Victoria hatte den Kopf geschüttelt und geschluchzt.
„Nicht traurig sein, bitte. Denk daran, es ist nur mein Körper, der stirbt."
Ernst hatte sie unterbrochen: „Aber Oma, warum willst du einen Sternenhimmel als Urne?"
„Das ist eine lange Geschichte. Es geht um meinen Namen, um das Weltall und um Goethe."
Ernst hatte einen dicken Kloß im Hals gefühlt und keine Fragen mehr gestellt.
„Goethes ‚Stella'", flüsterte jetzt Ernst und setzte sich mit einem Ruck auf, „das ist es! Ich muss Goethes ‚Stella' lesen."

Dichtung

Der Junge erhob sich, überquerte fast laufend den Graben und eilte in Richtung Teeschlösschen zur Orangerie. Als er die Anlage unter sich sah, musste er einen Moment innehalten. Der Anblick von Schloss Friedrichsthal mit den beiden Orangeriegebäuden und dem wunderbar mit Blumen und Sträuchern dekorierten Garten war überwältigend. Auch staunte er nicht zum ersten Mal darüber, dass dieses riesige Gebäude eine Sommerresidenz gewesen war. Der barocke Stil gefiel ihm. Von der Orangerie beeindruckte ihn am meisten das eine noch erhaltene Treibhaus. Er liebte es, durch die Fensterscheiben hindurchzuspähen und zu raten, welche Pflanzen sich dahinter verbargen: Citrus- und Olivenbäume, Oleander, Palmen...
Ernst lief im Halbkreis den Weg hinunter und betrat kurze Zeit später die Bibliothek. Natürlich hatte er hier keine Lesekarte, aber er dachte, dass er sich das Buch erst einmal anschauen könnte. So bog er beim Eingang links in den Saal mit Belletristik ein und blieb vor dem entsprechenden Regal stehen. Tatsächlich war Goethes Werk „Stella" zu finden, und zwar in der Abteilung der Dramen, da es sich um ein Theaterstück handelte. Ernst nahm das Werk und setzte sich auf einen Stuhl. Dann schlug er das Buch auf und begann zu lesen. An die Sprache musste er sich gewöhnen, doch das kannte er vom „Faust", den sie in der Schule im Literaturunterricht gelesen und besprochen hatten. Nach den ersten Seiten fiel ihm der altertümliche Stil schon beinahe nicht mehr auf.
Ernst hätte nicht sagen können, wie lange er schon gelesen hatte, doch auf einmal hörte er eine Bibliothekarin die spärlichen Besucher daran erinnern, dass in wenigen Minuten 18.00 Uhr sei.
Der Junge war erst beim dritten Akt angelangt, aber die Geschichte ließ ihn nicht mehr los. Es handelte sich um eine

Dreiecksbeziehung zwischen Stella, Fernando und Cäcilie. Wie es aussah, eine aussichtslose Angelegenheit, doch Ernst wollte es genau wissen. Aus diesem Grunde begab er sich zur Theke und fragte, ob es möglich sei, das Werk auszuleihen. Doch natürlich hätte er zuerst die erforderlichen Papiere dabei haben müssen und die Unterschrift seiner Mutter fehlte auch. So verließ er denn die Heinrich-Heine-Bibliothek ohne Goethes Werk und schlenderte verträumt nach Hause.
Er lief an einem Kaufhaus vorbei, und schaute nicht zum ersten Mal auf jenen Gedenkstein, auf dem das Theater Gothas abgebildet war. Dieses wunderbare Gebäude hatte er nie gesehen, da es im Zweiten Weltkrieg ausgebrannt und während der DDR-Zeit trotz Proteste der städtischen Bevölkerung abgerissen worden war. Der klassizistische Bau hatte durch Ernst II von Sachsen-Coburg und Gotha in seiner Stadt eine Blütezeit der Theaterkunst eingeläutet.
„Schade", flüsterte Ernst, dachte wieder an Goethes „Stella", überlegte dann, dass es bestimmt viele künstlerische Schätze auf der ganzen Welt gab, die nur noch in der Erinnerung von Menschen oder in Büchern fixiert lebten.
Beim Arnoldiplatz bog er in die Mönchelsstraße ein. Dann lief er über den Buttermarkt, den er so liebte. Schon als Kind hatte er hier gespielt. Auf dem Platz gab es drei Brunnen, zwei davon waren im Moment nicht in Betrieb. Er mochte jenen Ort, an dem bei den meisten Stadtfesten viel los war. Die Cafés und Würstchenbuden, die den früheren Fleischmarkt säumten, gaben dieser Ecke seiner Stadt eine ganz spezielle Atmosphäre.
Ernst überquerte den Rathausplatz, grüßte kurz die Statue von St.-Gothardus über dem gleichnamigen Brunnen und erinnerte sich daran, dass morgen das große Fest beginnen würde. Einige Festzelte waren bereits aufgebaut worden und eine große, schwarze Bühne stand vor dem Rathaus. Traurigkeit überfiel den Jungen beim Gedanken daran, dass er letztes Jahr das gro-

ße Stadtfest noch mit Stella erlebt hatte. Zwar hatte seine Großmutter den Lärm, den die Menschenmenge mit sich brachte, nicht gemocht. Doch den Umzug, das Feuerwerk und die Inbetriebnahme der Wasserkunst hatte sie sich nicht nehmen lassen. Vielleicht war es die ihn umgebende Stimmung, die ihn dazu veranlasste, den Platz hoch zu schreiten und kurz vor der Pferdetränke auf dem oberen Hauptmarkt Halt zu machen. Er setzte sich auf den Rand des Brunnens, aus dem einst Pferde getrunken haben mussten. Löwenköpfe zierten die Anlage, aus deren Mündern spätestens Samstag wieder Wasser fließen würde. Und schon wieder dachte der Junge an dieses Element, das während des Gothardusfestes zentral war.
„Der Ursprung allen Lebens", flüsterte der Junge gedankenverloren vor sich hin.
„Da hast du allerdings Recht", hörte er eine Stimme eisig sagen.
Erschrocken blickte Ernst auf. Vor ihm stand Irina. Als er sie erkannte, fuhr der Junge hoch, erhob sich abrupt und reichte der Mutter Sophias wie auf Kommando seine rechte Hand.
„Guten Tag", sagte er zackig.
Doch Irina streckte ihm ihre Hand nicht entgegen und so blieb der Junge errötend mit jenem Körperteil in der Luft hängen, als hätte er eine Bewegung angefangen und dann vergessen, was er eigentlich damit bezwecken wollte. Deshalb senkte er langsam wieder seinen Arm und rieb die Handflächen aneinander, als wolle er sie reinigen oder wärmen.
„Du triffst Sophia noch immer", Irinas Tonfall war angespannt. Doch zum Glück hatte sie einen Aussagesatz ausgesprochen, auf den er – ohne unhöflich zu sein – auch keine Antwort geben musste.
„Ich wünsche nicht, dass ihr Kontakt habt, hast du mich verstanden?"
Ernst schluckte, dann gab er sich einen Ruck und fragte: „Aber warum denn nicht?"

„Du bist kein Umgang für sie."
Dem Jungen war diese Äußerung zu unverschämt, als dass er noch an sich hätte halten können: „Wieso nicht? Seid ihr etwa bessere Menschen?", fragte er deshalb herausfordernd.
„Du hast keinen Vater, was kein gutes Licht auf deine Mutter wirft. Und über deine Großmutter will ich schon gar nicht erst reden."
„Gut so, denn sie ist vor zwei Tagen gestorben. Das wird Sie vielleicht beruhigen und mein Ansehen dürfte sich damit eine Spur verbessert haben."
„Werde mir nicht unverschämt, Bürschchen. Das mit deiner Oma...", ließ Irina den Satz in der Luft hängen. „Ich wünsche, dass du meine Sophia in Ruhe lässt", mit diesen Worten wandte sie sich um und ließ Ernst in der eigenen Wut stehen.
Der Junge zitterte am ganzen Körper, als wäre ihm kalt. „Hochnäsige Frau!", zischte Ernst und wunderte sich nicht zum ersten Mal darüber, dass diese Hexe, wie er Irina insgeheim nannte, ein derart wunderbares Geschöpf wie Sophia zur Tochter haben konnte. „Meine Sophia", hallte das Echo ihrer Stimme in seinen Ohren nach.
Ernst drehte sich um und lief in Richtung Jüdenstraße, dabei passierte er jene Plakette, die daran erinnerte, dass Willy Brandt hier am 27. Januar 1990 vor Tausenden von Zuhörern gesprochen hatte. Der Junge beachtete sie jedoch nicht. Zu sehr beschäftigte ihn das Gespräch mit Sophias Mutter.
Als Ernst nach Hause kam, war Victoria noch bei der Arbeit. Der Junge hatte kaum Hausaufgaben, also beschloss er, seine Mutter mit dem Abendessen zu überraschen. Er nahm einen großen Topf, füllte ihn mit Wasser, gab Salz dazu und setzte ihn auf. Deckel drauf, Pfanne hervorholen, Zwiebeln schneiden, mit Öl anbraten, dann eine Büchse geschälte Tomaten dazu geben: Das war's. Nun galt es, den Tisch mit zwei tiefen Tellern, zwei Messern und Gabeln, zwei Gläsern zu decken. Eine Flasche Mineralwasser und die Untersetzer, Papierservi-

etten, Parmesan auf den Tisch: fertig. Während er darauf wartete, dass das Wasser kochte, bereitete er noch einen Salat vor. Als Victoria nach Hause kam, hörte Ernst sie schon aus dem Korridor rufen: „Sag bloß, du hast das Abendessen vorbereitet."
Der Junge lächelte: „Ach, nichts Besonderes."
Die Mutter betrat strahlend die Küche: „Du bist etwas Besonderes, im Ernst."
„Ach, Mama, bitte!"
„Entschuldige, Ernst, das war keine Absicht", dann fügte sie ärgerlicherweise hinzu, „im Ernst."
Victoria musste müde sein, denn sie setzte sich seufzend zu Tisch.
„Harter Tag?", fragte Ernst.
„Nein, nicht wirklich. Ich habe nur schlecht geschlafen. Du?"
„Ich war in der Bibliothek und habe ‚Stella' gelesen."
„Echt? Wieso das denn?"
„Wegen Oma. Ich wollte das Drama kennen lernen. Leider habe ich es vor Bibliotheksschluss nicht zu Ende geschafft."
„Hol es dir doch bei Oma. Wir müssen ohnehin ihre Wohnung räumen."
Ernst lief es beim Wort „räumen" kalt den Rücken hinunter. Sie würden Stellas Wohnung betreten, in ihren intimsten Sachen wühlen, Dinge sortieren, wegwerfen oder verschenken, einige zu sich nehmen. Sicher würden sie Vieles, was Stella geliebt hatte, gedankenlos entsorgen. Was den Jungen traf, war, dass sie nicht aus bösem Wille so handeln würden, sondern weil sie trotz allem sehr wenig über Stella wussten. ‚Was wusste man überhaupt über seine Mitmenschen, sogar über die engsten? Wen kannte man wirklich?', überlegte er weiter. Schließlich wusste er noch nicht einmal, wer er selber war.
„Du meinst, sie hat das Buch zu Hause?", nahm der Junge das Gespräch über Goethes „Stella" wieder auf.

„Bestimmt. Und sicher hat sie beide Versionen", antwortete seine Mutter mit den Spaghetti kämpfend. „Warum hast du denn keine Löffel aufgetischt?"
Ernst schaute sie aufmerksam an, als er antwortete: „Ach, ursprünglich bin ich doch Ernesto, ein Italiener. Und die essen ihre Spaghetti bekanntlich immer ohne Löffel."
Victoria blickte ihrem Sohn tief in die Augen: „Spinnst du jetzt? Was ist denn das für eine Geschichte mit Ernesto und Italien? Du bist so wenig Italiener, wie ich Engländerin bin. Namen hin oder her. Außerdem ist Ernst ein deutscher Name, das brauche ich dir ja wohl nicht zu erklären. Ernst Wilhelm Arnoldi, Ernst, der Fromme, Ernst II..."
„Ja, ja", unterbrach sie der Junge, „ist ja gut. Entschuldige, Mama. Ich bin durcheinander."
„Kein Wunder. Der Tod von Stella macht uns beiden zu schaffen. Das ist normal. Und doch, Ernst: Stella hat oft von Bologna und von Paris gesprochen. Ach, was soll's!", seufzte sie und ließ den Gedanken offen.
„Was hast du mit den beiden Versionen von ‚Stella' gemeint, Mama?", fragte Ernst, dem es bei den Städtenamen Paris und Bologna kalt den Rücken hinunter gelaufen war.
Victoria räusperte sich: „Es gibt da zwei verschiedene Schlussvarianten. Die frühere stammt aus dem Sturm und Drang und endet mit einer polygamen Beziehung. Fernando, Cäcilia und Stella leben mit Lucia, Fernando und Cäcilias Tochter, zusammen unter einem Dach. Ganz nach dem Motto ‚eine Wohnung, ein Bett und ein Grab.' Ich glaube, die Idee hatte Goethe vom Grab eines Ritters im Erfurter Dom. Frag' mich aber nichts Genaueres, ich weiß es nicht mehr. Doch dieses freizügige Ende hat dem biederen Publikum nicht behagt. Während der Zeit der Klassik, als Goethe in Weimar lebte, hat er den Schluss abgeändert und in eine Tragödie münden lassen."
„Wie sah das Ende aus?", wollte Ernst gespannt wissen.

„Ach, Stella vergiftet sich, weil sie nicht Ursache des Familienunglücks sein will, aber auch nicht ohne Fernando leben kann. Fernando merkt seinerseits, dass er, wie auch immer er sich entscheiden mag, jemanden ins Unglück stürzt. Also erschießt er sich. Na, halt das übliche klassische Ende."
„Oh!", entfuhr es Ernst, „die erste Version war aber ganz schön mutig."
„Wie es oft die Texte des Sturm und Drangs waren, ja. Aber die Epoche dauerte nur kurz. Die Ideale jener Künstler waren bekanntlich meist nicht oder kaum lebbare Utopien. Von der Idee her schön, aber eben nicht umsetzbar."
„Eigentlich schade", sinnierte Ernst, dann fragte er noch, „woher weißt du das alles?"
„Erstens, mein Sohn, bin ich auch mal zur Schule gegangen. Und zweitens war meine Mutter Deutschlehrerin an einem Gymnasium. Sie hat sich früher oft mit mir über Literatur unterhalten. Das war vielleicht einer der Vorteile, dass ich ohne Vater aufgewachsen bin. Sie hat sich immer, wenn sie nur konnte, Zeit für mich genommen. Auch empfahl sie mir immer wieder Bücher, die ich lesen sollte."
Mutter und Sohn schwiegen eine Weile, beide hingen wohl ihren Gedanken nach, dann fragte Ernst: „Mama? Meinst du, dass das Drama etwas mit Oma zu tun hat?"
Victoria lachte: „Nein. Außer dem Namen Stella erinnert mich nichts an Oma. Soviel ich weiß, mochte sie Goethes Werke nicht sonderlich." Doch ihr Gesicht nahm einen grübelnden Ausdruck an.
„Woran denkst du, Mama?"
„Ach, nichts. Und doch..."
„Sag schon", forderte sie Ernst auf.
Victoria zögerte noch, drehte ihre Gabel gedankenverloren in den Spaghetti, legte dann dezidiert ihr Besteck an den Tellerrand und schaute ihren Sohn ernst an: „Mina."
„Was ist mit Mina?", fragte Ernst interessiert.

„So heiße ich mit meinem zweiten Namen: Mina."
„Mina?", fragte Ernst entsetzt. „Du meinst... du meinst wie das verstorbene Kind von Fernando und Stella?"
Victoria nickte und schaute auf ihren Teller, dann blickte sie wieder hoch und sagte: „Ich habe das erst herausgefunden, als ich etwa in deinem Alter war. Natürlich wusste ich schon viel früher, dass ich Victoria Mina heiße, doch den Bezug zu Goethes Werk habe ich erst später gezogen."
Ernst unterbrach seine Mutter: „Ja, hast du denn Stella nicht danach gefragt?"
„Na, was denkst denn du? Natürlich habe ich sie danach gefragt, immer und immer wieder."
„Und?", bohrte der Junge nach.
„Ach, sie hat mich bloß abgewimmelt. Du weißt doch, wie Stella sein konnte, wenn sie keine Antwort geben wollte."
Ja, Ernst wusste es, weshalb er nun nickte. Zwar war seine Oma offen und gesprächig gewesen. Aber wenn sie über etwas nicht hatte reden wollen, dann gab es kein Mittel, das sie hätte umstimmen können.
„Ich habe nicht locker gelassen. Einmal hat sie gesagt, es gäbe viele Minas in der deutschen Literatur, so zum Beispiel Bahnwärter Thiels erste Frau. Unsere Nachbarin heiße auch so. Sie fügte noch mehr Beispiele hinzu. Ich habe aber immer vermutet, dass der Name etwas mit Goethes ‚Stella' zu tun haben musste. Aber was? Schließlich bin ich nicht gestorben."
Ernst nickte wieder: „Und noch was, Mama, du heißt eigentlich Victoria, nicht Mina."
Nun war es Ernsts Mutter, die nickte. Obwohl das Thema beide brennend interessierte, sprachen sie an jenem Abend nicht mehr darüber. Schweigend aßen sie ihr Abendmahl zu Ende. Jeder hing seinen Gedanken nach.
Der Junge überlegte, dass Victoria Sieg hieß. So hatte wohl seine Mutter im wirklichen Leben gesiegt und war nicht gestorben wie die Mina im Drama von Goethe.

Etwas später machte sich Victoria ans Aufräumen der Küche und Ernst ging auf sein Zimmer, um noch Hausaufgaben zu erledigen. Am nächsten Tag würden sie zwar nicht lange Schulunterricht haben, aber er wollte doch ein paar Mathe- und Deutschaufgaben lösen.

Einsamkeit

Ernst konnte in jener Nacht nicht schlafen. Er wälzte sich im Bett hin und her, bis er um ein Uhr aufstand und beschloss, einen Spaziergang zu unternehmen. Leise zog er sich an und schlich aus der Wohnung. Er ging die Jüdenstraße hinunter und bog die erste Straße nach links ab. Nun sah er die wunderbare, wenn auch schlichte Augustinerkirche mit dem dazugehörenden Kloster. Es handelte sich um das älteste Augustinerkloster in ganz Thüringen, überlegte der Junge stolz. Der Kreuzgang stammte gar aus dem Jahre 1366. Witzig fand er, dass es sich ursprünglich um ein Zisterzienserkloster von Nonnen gehandelt hatte, das dann später von Augustinermönchen in Besitz genommen wurde. Nach der Reformation wurde es zu dem Ort in der Stadt, an dem Luther mehrmals auf die Kanzel gestiegen war und gepredigt hatte. Und natürlich hatte vor allem Myconius dort gewirkt, nach dem auch die benachbarte Schule benannt war, die Ernst früher besucht hatte.

Die Kirche war jetzt geschlossen. Ernst dachte an die wunderbare Orgel mit frühbarockem Prospekt, an die Kanzel aus der gleichen Zeit und vor allem an die Fürstenloge, die ihn seit frühester Kindheit beeindruckt hatte. Es musste schon ein unvergleichliches Gefühl gewesen sein, dort zu sitzen und einer Predigt beizuwohnen. Die Loge sah aus, als ob sie zu einem Theater aus der Barockzeit gehören würde. Ernst dachte dabei unwillkürlich ans Ekhof-Theater.

Doch der Junge wollte weiter, und so ging er den Hügel hoch und erreichte in der Bergallee seine Schule: das Gymnasium Ernestinum. Das Schulareal selber wollte er nicht betreten, sondern ihn zog es zum Denkmal einer nachgeahmten Pyramide. Ernst betrat das Gelände am Brahmsweg, auf dem das Gebilde, das in den Himmel ragte, stand. Als mathematisch interessierter Jugendlicher faszinierte ihn dieses Bauwerk mit quadratischem Grundriss. Er wusste, dass es solche Bauten fast

überall auf der Welt gab: in China, Lateinamerika, Afrika. Meist wurden sie für den Totenkult oder für sonstige Zeremonien verwendet. Abgesehen von der baulichen Faszination erinnerten die Bauwerke an die Sonnenstrahlen, wie sie manchmal durch die Wolkendecke auf die Erde fallen. Andererseits wusste Ernst aus dem Schulunterricht, dass die Pharaonen in Pyramiden beerdigt worden waren, um leichter zu ihrem wahren Vater, dem Sonnengott Re, zu gelangen.
Ernst sah in der Pyramide den Fingerzeig in Richtung Firmament, zu den Sternen. Und so legte er sich auf die Bank, die neben der Grabstätte von Oberhofmarschall Hans Adam von Studnitz stand, und blickte in den dunklen Himmel. Die Nacht war mondlos und Ernst war es im ersten Augenblick unheimlich beim Gedanken, neben einer Grabstätte zu liegen. Doch nach und nach verlor sich diese innere Unruhe. Er sah nur noch das Dunkel des Alls und die hell erleuchteten Punkte der Sterne.
„Bist du irgendwo dort oben, Stella?", flüsterte der Junge und spürte, wie sich seine Augen mit Tränen füllten, die ihm nach einer Weile den Schläfen entlang liefen. Dann legte sich auch die Trauer und er sah und fühlte nichts mehr. Sein Körper war zur leichten, durchsichtigen Hülle geworden. Nur noch das Bild des Himmels und der Sterne hatte Bestand. Er selbst fühlte sich in die Höhe gezogen und befand sich auf einmal mitten im All. Da oben war wohl die Wahrheit menschlichen Daseins am ehesten zu finden. In jenem Raum ohne Anfang und Ende, in einer Weite, die alles menschliche Elend zu einem winzigen Staubkorn schrumpfen ließ, in dem es keine Körperlichkeit, keine Gefühle gab, sondern nur das Sein im Hier und Jetzt: Ein Zustand des Gleichgewichts, der nicht nach Sinn fragte. Ernst spürte sich nahe einer Wahrheit, die er nicht hätte in Worte fassen können. Er hatte sich von der Erde, von seinem kleinen, engen Leben gelöst und war in eine Ferne gerückt, die ihm Ruhe und Gelassenheit versprach.

Der Junge hätte nicht sagen können, wie lange er auf jener Bank liegen geblieben war. Auf einmal spürte er seinen Körper wieder, denn ihm war kalt geworden. Schließlich war erst Ende April und die Luft nachts noch kühl. So stand er langsam auf und verabschiedete sich von diesem Ort der Ruhe, um nach Hause zu gehen. Daheim zog er sich aus, legte sich ins Bett und schlief sofort ein.

Freitag: Traurige Neuigkeiten

Wahrnehmungen

Am Freitagmorgen weckte Victoria ihren Sohn und staunte, ihn derart gelassen vorzufinden. Sie überlegte, dass der Schlaf ihm wohl gut getan und die Trauer weggewischt haben musste.
Ernst fühlte sich tatsächlich ausgeglichen wie seit Tagen nicht mehr und freute sich darauf, dass er Sophia am Abend treffen würde. Doch zuerst waren noch einige Schulstunden angesagt. Die letzte Doppelstunde des Tages wechselte Ernst ins Arnoldigymnasium. Er hatte sich für das Fach Französisch eingetragen und die Schüler beider Gymnasien kamen für den Unterricht zusammen.
Der Junge liebte sein Schulgebäude, denn es war in einem wunderbaren klassizistischen Stil gebaut. Zwar hätte das Gemäuer und zum Teil sicher auch die Ausstattung dringend eine Renovierung gebraucht. Und dennoch: Ernst hatte oft das Gefühl, Gedanken und Emotionen von Tausenden von Schülern nachklingen zu hören, wenn er jeweils die leeren Gänge nach Schulschluss abschritt oder wenn er sich einmal alleine in einem Klassenzimmer aufhielt. Außerdem hatten hier Persönlichkeiten wie Kurd Laßwitz, der erste Sciencefictionautor der deutschen Literatur, und der Geophysiker Adolf Schmidt unterrichtet.
Sophia pflegte manchmal schnippisch zu fragen: „Na und? Was hast du davon?"
Ernst hob jeweils die Schultern.
„Außerdem", hatte Sophia einmal hinzugefügt, „kann das Arnoldi auch große Persönlichkeiten vorweisen, die in unserer Schule die Schulbank gedrückt oder unterrichtet haben. Aber ich habe jetzt echt keine Lust darauf, damit zu prahlen."
Wahrscheinlich gehörte es zum üblichen Gebaren in ihrem Alter, dass man sich für das Eigene einsetzte und das Fremde

herabsetzte. Ihm war, erinnerte er sich beschämt, auch schon die Bemerkung herausgerutscht: „Na klar, das Arnoldigymnasium: nur vom Feinsten!"
Als Ernst sich dem Schulgebäude näherte, musste er aber doch zugeben, dass ihm das Arnoldi imponierte. Unten auf der Fassade war ein Bienenhaus mit den fleißigen Insekten dargestellt, das ihn an jene Abbildung auf dem Gebäude einer Bank in der Lutherstraße erinnerte. Dort prangte das Bild allerdings ganz groß und hoch oben. Es hatte die Bürger wohl daran zu erinnern, dass sie ihr Geld fleißig in die dort angesiedelte Bank bringen sollten.
„Aber wofür steht das Bienenhaus hier?", fragte sich der Junge nicht zum ersten Mal. Sicher hätte Sophia die Antwort gewusst. Er wollte sie bei Gelegenheit fragen, dachte insgeheim, dass es wahrscheinlich ein Hinweis darauf sein sollte, wie fleißig die Schülerinnen und Schüler in diesem Gebäude arbeiteten.
Der Junge ging um das Schulhaus herum und trat durch ein Gartentor auf den Pausenplatz. Auf der linken Seite betrachtete er kurz die schöne Turnhalle, die zwar klein war, aber eindeutig ein architektonisches Schmuckstück darstellte.
Ernst wollte seinen Gang wieder aufnehmen. Doch etwas zwang ihn noch dazu, kurz stehen zu bleiben und den Bau zu bewundern. Die Fassade war in gelb gehalten, es gab da Erker, die verziert waren und die Treppe, die zum Eingang führte, sah imposant aus. Oberhalb prangte Minerva über der Tür und hieß ihn willkommen. Ernst fühlte sich stets davon eingeschüchtert. Dieses Gefühl begleitete ihn ins Schulhausinnere. Auch dort war der Jugendstil überall erkennbar, sei es an den dekorativen Böden, an den Säulen oder an den Fensterscheiben.
Am meisten imponierte Ernst jedoch die Aula. Einmal hatte er sich mit Sophia darin aufgehalten. Der Raum war leer gewesen. Ihm war vorgekommen, als hätten sie sich in einer Kirche aufgehalten. Die Decke war ihm unendlich hoch er-

schienen. Als Dekoration des Saales waren nur die Fenster und die Ausblicke zu verzeichnen und natürlich die Lichter. Aber am unglaublichsten waren wohl die zwölf Sternzeichen, die an der schrägen Decke gemalt waren: sechs auf der linken, sechs auf der rechten Seite. Und wie hätte es anders sein können: Ernst liebte den Löwen, sein eigenes Sternzeichen, das auch jenes von Sophia war.

Der Junge betrat kurze Zeit später das Klassenzimmer und erblickte Sophia, die neben einer ihrer Klassenkameradinnen saß. Sie hatten sich nur kurz, fast zufälligerweise mit dem Blick gestreift. So war es ausgemacht: Niemand sollte von ihrer Freundschaft erfahren. Das kam Ernst manchmal reichlich lächerlich vor, zumal zwischen ihnen gar nichts lief. Und doch war ihm klar, wenn er an das gestrige Treffen mit Irina zurückdachte, dass es wohl besser so war.

Der Junge hatte den Augen von Sophia angesehen, dass sie sich freute, ihn zu sehen, denn das kurze Aufleuchten war ihm nicht entgangen. Dabei handelte es sich um jenen Blick, der ihm das Herz seltsam zum Stocken brachte. Kein Wort sprachen Sophia und Ernst vor, während oder nach den Schulstunden miteinander und doch fühlte sich der Junge in den Französischstunden besonders lebendig.

Am Unterricht lag das bestimmt nicht, auch nicht am Fach. Und dennoch war seine Aufmerksamkeit heute geschärft, als müsse er sich mehr anstrengen, um diese Sprache noch besser zu lernen. Ernesto hatte Stella geschrieben, sein Französisch hätte ausgefeilter sein sollen. Wiederum überlegte der Junge, dass Ernesto für einen Italiener ausgesprochen gut und fehlerfrei Deutsch konnte.

„Die Briefe", flüsterte Ernst.

„Was meinst du?", hörte er Richard neben sich fragen.

„Ach, nichts", erwiderte der Junge leise.

Nach dem Unterricht schrieb Ernst Sophia eine SMS.

„Um drei am Tempel?"

Die Antwort kam postwendend: „OK."
Am Nachmittag trafen sich die Jugendlichen wie vereinbart.
„Was ist los? Hast du die Briefe gelesen?", empfing ihn Sophia am Müller-Tempel ohne Begrüßung.
Ernst küsste sie auf die Stirn: „Nein, aber ich habe mich dazu entschlossen, sie zu lesen."
„Gut so. Hast du sie dabei?"
In dem Augenblick hörten die Jugendlichen Stimmen nahen.
„Lass uns ein paar Schritte gehen", meinte Ernst, hob sein Fahrrad vom Boden und setzte sich, sein Rad schiebend, in Gang. Sophia lief an seiner Seite. Wohl unabsichtlich berührten sich ab und zu ihre Ellbogen, Oberarme oder gar die Handrücken. Ernst versuchte ganz unauffällig noch etwas näher neben Sophia zu gehen. Ihr musste etwas aufgefallen sein, denn auf einmal blickte sie ihn von der Seite an. Ihre Augen blitzten, Ernst schreckte zusammen. Doch dann umspielte ein mildes Lächeln ihre vollen Lippen.
Der Junge seufzte: „Wir könnten die Briefe heute Abend lesen, vor dem Beginn des Gothardusfestes. Was meinst du?"
„Hm, sollte klappen. Ich könnte so um sieben in den Park kommen. Treffen wir uns am Goethestein?"
Ernst nickte.
Unterdessen waren sie beinahe am Goldfischteich angelangt. Links sahen sie den Brunnen mit dem hübschen Becken. Doch um den Teich befanden sich Kinder, Erwachsene und ältere Menschen. Deshalb zogen die beiden weiter.
„Gestern habe ich Irina getroffen", meinte Ernst.
„Oh, nein! War es schlimm?", rief Sophia aus.
„Sie hat mich auf dem oberen Marktplatz bei der Pferdetränke erwischt."
„Und?"
„Ach, das Übliche. Sie wusste, dass wir uns treffen, meinte, ich sei kein Umgang für dich, meine Mutter sei unseriös und über meine Oma wolle sie sich erst gar nicht auslassen."

„Tut mir leid", sagte Sophia kleinlaut, „das ist mir echt peinlich."

„Da kannst du doch nichts dafür", erwiderte Ernst.

Sophia fasste den Jungen an seinem freien, rechten Arm, sodass er stehen blieb. Dann schaute sie ihm tief in die Augen. Ernst erblickte die Sterne Deneb, Wega, Atair in Sophias Augen und konnte kaum mehr atmen, als er sie sah: die Zwillinge Kastor und Pollux, die Dioskuren, die Söhne Zeus'. Von ihnen hatte ihm Stella oft berichtet. Die Geschichte hatte ihn als Einzelkind beschäftigt und er hatte sich gefragt, ob vielleicht auch er irgendwo auf dieser Welt einen Bruder hatte, vielleicht von einer anderen Mutter, von einem anderen Vater? Jemanden, der etwa so alt wie er war, zu dem er eine derart innige Beziehung haben konnte wie die beiden Zwillinge. Der eine war als Sohn von Leda und Zeus unsterblich gewesen.

Der Junge erinnerte sich noch, wie Stella ihm mit großen Augen gesagt hatte: „Stell dir vor, Junge, Zeus ist Leda als wunderschöner Schwan erschienen."

Ernst hatte damit nicht viel anfangen können. Schwäne, das wusste er aus der Primarschule, waren Einzelgänger und Monogam. Fanden sie einmal einen Partner, banden sie sich für das ganze Leben an ihn. Zeus' Beziehungsmuster war ihm auf der anderen Seite auch bekannt. Sein Leben lang war er Hera, seiner Ehefrau, untreu gewesen. Aber vielleicht hatte der Göttervater mit seiner Verwandlung Leda oder Hera nur hereinlegen wollen, hatte er damals sinniert.

Kastor war der Sohn von Leda und ihres Ehemannes Tyndareos, König von Sparta, und daher sterblich. In der gleichen Nacht wurden Kastor und Pollux gezeugt. Deshalb waren sie unzertrennliche Zwillinge. Aber eben: Der eine, Pollux, war unsterblich, während der andere, Kastor, reiner Mensch und kein Halbgott war. Dennoch galten sie beide als Söhne Zeus'. Viele Abenteuer bestritten die Geschwister, denn sie nahmen an der Fahrt von Iason und den Argonauten auf der Suche nach dem Goldenen Vlies teil. Auch begleiteten Sie Herakles zu den Amazonen. Als Kastor getötet wurde, trauerte Pollux so lange, bis er seinen Vater bat, er möge ihn von der Unsterblichkeit erlösen, damit er seinem Bruder ins Totenreich folgen könne. Zeus war derart gerührt, dass er seinem Sohn die Wahl ließ, entweder ewig jung unter den Göttern zu leben oder mit Kastor jeweils einen Tag in der Unterwelt, einen Tag im Olymp bei den Göttern zu leben und dabei zu altern, das heißt eines Tages zu sterben. Keine Sekunde soll er gezögert haben, die Variante zu wählen, bei der er mit seinem Bruder zwischen Olymp und Hades leben konnte. Er entschied sich dafür, auch wenn es ihn im wahrsten Sinne des Wortes das Leben kostete.

Natürlich war das nur eine Geschichte aus der griechischen Mythologie. Und doch sehnte sich Ernst nach einer gleichaltrigen Person, die ihm vertraut war, die zu ihm stand, wie das Kastor und Pollux vorgemacht hatten.

„Ja", überlegte Ernst gerade, „solch eine vertraute Person, das wäre schön."

Da bemerkte er, dass es still um ihn geworden war. Als würde er aus einem tiefen Schlaf erwachen, schaute er um sich. Sophia stand ihm gegenüber und blickte ihm in die Augen. Sie hielt seinen rechten Arm wohl schon eine Weile, denn die Haut unter ihrer Hand fühlte sich warm und wohlig an. Aus Sophias Blick leitete Ernst ab, dass sie ihm eine Frage gestellt haben musste.

„Ja", antwortete der Junge mechanisch und aufs Geratewohl, hoffte dabei, das Richtige gesagt zu haben, was auch immer das Korrekte sein mochte.

Sophia lächelte und lehnte sich an ihn. Die Beine des Jungen begannen zu zittern und er hatte keine Ahnung, was er jetzt hätte tun sollen. Sein rechter Arm wurde von Sophias Hand festgehalten. Seine andere Hand hielt das Fahrrad fest. Hätte er das Mädchen jetzt umarmen und sein Rad auf den Boden fallen

lassen sollen? Erwartete sie, dass er etwas sagte? Aber was? Und vor allem beschäftigte ihn die Frage, worauf er selber vor wenigen Sekunden mit Ja geantwortet hatte. Er spürte, wie sich Schweiß auf seiner Stirn bildete, und zu den zitternden Beinen gesellte. Dann sagte er aufs Geratewohl: „Wie fühlst du dich, Sophia?", ein Satz, den er von seiner Mutter übernommen hatte, und wofür er sich jetzt gerne geohrfeigt hätte. Wie konnte er nur so etwas Unsinniges fragen? Sophia würde sich bestimmt über ihn ärgern und denken, er wäre gerade dabei, sie auf den Arm zu nehmen, denn eben hatte er eine typische Frauenfrage gestellt. So etwas würde kein Junge, kein Mann je fragen.
Aber Sophia antwortete ruhig: „Gut."
Ernst war überrascht: „Wirklich?", doppelte der Junge nach, meinte aber eher, ob sie wirklich nicht sauer auf ihn war.
„Ja, im Ernst", kam prompt die Antwort.
Der Junge war ganz froh, dass ihm Sophias Aussage die Möglichkeit bot, sich elegant aus der eben eingenommenen Haltung zu lösen und mit gespielter Empörung zu sagen: „Ach, Sophia!"
„Tut mir leid, Ernst, wirklich", meinte sie und ihre Stimme klang fast traurig. „Mir war auf einmal so komisch zumute. Deshalb habe ich irgendetwas Dummes gesagt."
„Ist nicht weiter schlimm", antwortete Ernst und fühlte sich elend beim Gedanken, dass er nicht halb so ehrlich wie Sophia war. Dann nahmen die Jugendlichen ihren Weg wieder auf. Die beiden spazierten noch eine Zeit lang schweigend auf dem Galberg herum.

Ausblick

Etwas später verabschiedete sich Sophia von Ernst vor der Rohrbachsternwarte mit den Worten: „Bis um sieben."

„Na", erwiderte der Junge verträumt. Er hatte eben seinen Blick gehoben und bewunderte nicht zum ersten Mal den hohen Turm der Sternwarte. Einmal, das war vor Jahren gewesen, war er mit Stella auf der Terrasse dieses Gebäudes gestanden.

Seine Oma hatte sich Zutritt verschaffen können: „Ernst", hatte sie ihm glücklich gesagt, „heute werden wir den Himmel berühren."

„Wie, den Himmel berühren?", hatte der Junge verwirrt gefragt.

„Lass dich überraschen."

Ernst wusste noch, dass er viele Treppen gestiegen war, so viele wie noch nie in seinem kurzen Leben, zumindest nicht hintereinander. Außerdem hatte er immer nach links im Kreise herum gehen müssen, was ihm ein seltsam schwindliges Gefühl im Kopf verursacht hatte. Er erinnerte sich noch daran, wie die Treppe im Kreis um ein rundes Fundament herum gebaut worden war, auf dem früher oben die Instrumente gestanden haben mussten, um möglichst erschütterungsfrei dastehen zu können. Natürlich hatte der Junge nichts von Fundamenten und Instrumenten verstanden, aber der Spalt zwischen der Treppe und dem inneren Turm hatte sich fest in seine Erinnerung eingebrannt. Von ganz oben hatte er die sechs Stockwerke hinunter geblickt: „Oma, da gibt es keinen Boden", hatte er Stella beängstigt gesagt.

Sie hatte gelacht und ihn fest umarmt.

Auf der Terrasse stehend hatte ihm der Blick auf das Schloss und auf die Margarethenkirche fasziniert. „Oma", hatte er gerufen, „Gotha ist ganz klein und groß und anders!"

„Ja, Ernst, wenn du Gotha von oben betrachtest, ist die Stadt wirklich klein. Und die Erde wäre winzig, würden wir sie aus dem All betrachten. Vergiss das nie: Es kommt darauf an, von welchem Standpunkt aus man die Dinge im Leben betrachtet. Immer. Versprichst du mir, dass du stets daran denken wirst?", hatte seine Oma gefragt und ihr Blick war dabei ganz ernst geworden.

So hatte sonst Stella nur geschaut, wenn er etwas angestellt hatte. Ernst hatte sich daher beeilt, eifrig zu nicken, obwohl er keine Ahnung gehabt hatte, was Stella da von ihm verlangt hatte. Hauptsache seine Oma würde bald wieder lachen und ihn nicht mehr derart eindringlich anblicken.

Dann waren sie ganz nach oben gestiegen und dem Geländer nach um den Turm – so weit es eben ging – spaziert. Ernst hatte weiche Knie bekommen und gefürchtet hinunter zu fallen, denn der kleine, runde Balkon war überhängend.

„Schau hoch, Ernst, wir sind dem Himmel so nah", hatte seine Oma gerufen und die Arme in die Höhe gestreckt, als wolle sie mit ihren Händen die weißen, flauschigen Wolken vom Himmel pflücken. So groß war ihm seine Großmutter damals erschienen, dass er überzeugt war, sie hätte es schaffen können, wenn sie sich nur noch ein wenig mehr auf die Fußspitzen gewagt hätte.

Doch dann wäre sie vielleicht gefallen und deshalb hatte sich Ernst beeilt zu sagen: „Ich sehe die Sterne nicht."

Stella hatte gelacht: „Du hast Recht, Ernst, dafür bekommst du hier oben eine Ahnung vom Element Luft."

„Ja, Oma, Luft, Erde und Wasser", hatte er mechanisch geantwortet und seine Oma hatte ernst genickt, als sie ergänzt hatte:

„Vergiss das Feuer nicht, Ernst. Das reinigende und lebensnahe Feuer, die Energie und Wärme."

Nach einer Weile hatte Ernst wieder nach den Sternen gefragt. „Du siehst sie nicht, mein Junge, aber sie sind da. Wir können sie nur nicht sehen."

„Dann nützen sie ja gar nichts!", hatte Ernst aufgebracht gesagt.

„Denk daran: Die meisten wichtigen Dinge im Leben sehen wir nicht. Und doch sind sie da. Liebe, Freundschaft, Hoffnung, Gefühle überhaupt und, ja, auch Gedanken."
„Gefühle und Gedanken?", hatte Ernst nachgefragt, weil er nicht verstanden hatte.
„Ja, Ernst, Gefühle und Gedanken. Menschen, die weg sind, begleiten uns. Gefühle, die wir für sie empfinden sind da, auch wenn wir die Personen nicht sehen. Wenn du jemanden liebst, so tust du es, auch wenn derjenige nicht neben dir steht."
„Ich habe Mama jetzt lieb, auch wenn sie auf Arbeit ist", hatte er damals gesagt.
„Genau, Ernst", hatte Stella verblüfft gesagt und ihn geherzt, „du hast ja tatsächlich verstanden!"
Ernst hatte vielleicht etwas von dem begriffen, was seine Oma ihm gesagt hatte. Heute aber fragte er sich beim Anblick der Rohrbachsternwarte, ob sie dabei nicht auch an sich selber und an Ernesto gedacht hatte.
Enkel und Großmutter waren damals noch eine Weile sozusagen schweigend in der Luft gestanden und Ernst erinnerte sich, wie seine Oma gemeint hatte: „Das ist ein magischer Ort, Junge, da steht man der Wahrheit näher als anderswo."
Was sie gemeint hatte, war Ernst heute noch ein Rätsel. Als sie dann nach innen gegangen waren, hatte ihm die Kuppel der Sternwarte imponiert. Sie sah aus, als wäre sie ein kleines Abbild des Himmeldaches. Heute wusste er, dass das nicht stimmte, aber damals hatte er sich den Himmel als eine Halbkugel über der Erde vorgestellt. Wohl etwa so, wie es sich über Jahrhunderte die Menschen eingebildet hatten, bevor kluge Männer wie Kopernikus oder Galileo Galilei die Menschheit aufzuklären versucht hatten.
Der Junge schaute die Fassade der Sternwarte an und bewunderte die Sonnenuhr, auf welcher der Feuerball abgebil-

det war, aus deren Mund Zeiger angaben, wie spät es war. Die gelbe, fast goldene Farbe auf dem schönen, grauen Hintergrund gefiel Ernst. Er blickte auf die angegebene Zeit, rechnete die zusätzliche Stunde der Sommerzeit ab und stellte mit einem Blick auf seine Armbanduhr fest, dass die Uhrzeit ziemlich genau stimmte. Es war unterdessen schon beinahe halb fünf.

Ernst schob sein Rad weiter, als handle es sich um eine Gehhilfe. Er ging über Brühl, dann am Schellenbrunnen vorbei. Kurz darauf trat er vor die Innungshalle. Wieder ein Wirkungsort von Arnoldi, überlegte der Junge, nicht zum ersten Mal beeindruckt von seinem Namensvetter. In jenem Gebäude gründete dieser nämlich 1818 die erste deutsche Handelsschule für kaufmännische Berufe. Ernst drehte sich um und musste lächeln, als ihm bewusst wurde, dass dieses Gebäude gegenüber von Arnoldis Geburtshaus stand. Dann wandte sich der Junge wieder um und blickte die wunderbare Jugendstilfassade der Innungshalle hoch. Ihm gefiel die Figur des lieben Augustins, der den hungernden Kindern Brot verteilte, damit wenigstens dieses eine Grundbedürfnis gestillt werden konnte. Von einer der bereits für das Gothardusfest aufgestellten Bude stieg ihm Wurstduft in die Nase. Der Hunger meldete sich und selbst der Blick auf die hübschen, barbusigen Damen neben den Schaufenstern einer Buchhandlung und neben dem Eingang des Rathauskellers konnten ihn nicht mehr ablenken. Deshalb setzte er sich nun auf sein Rad und fuhr schnell nach Hause.

Seitenhiebe

Das Abendessen verlief unaufgeregt. Auftischen: Teller, Messer, Gläser, Wasser, Brot und etwas Wurst. Die Butter nicht vergessen, drei frische Tomaten, zwei gekochte Einer. Salz und Pfeffer, Papierservietten, fertig. Mechanisch liefen Ernst Bewegungen ab, nichts brauchte er zu denken. Es war, als führe er das Leben einer emotionslosen Maschine.
Erst als Victoria von der Arbeit nach Hause kam, rührte sich etwas in Ernsts Innern, als hätte vorher seine Seele wie ein Faultier in ihm geschlummert.
„Na?", richtete Victoria das Wort an ihren Sohn.
„Hallo, Mama."
„Hast du schon Pläne für den Abend? Du gehst doch bestimmt das Feuerwerk anschauen."
Ernst nickte. „Ich hab mich mit Sophia verabredet. Hoffentlich erfährt Irina nichts davon."
„Ach", meinte seine Mutter lakonisch, „lass sie doch reden."
„Weißt du denn, was sie gegen uns hat?", wollte Ernst wissen.
„Keine Ahnung, mein Sohn. Ich hab noch nie mit ihr gesprochen. Eigentlich kenne ich sie nur vom Sehen."
Ernst überlegte kurz, meinte dann: „Ich hab sie gestern zufälligerweise auf dem oberen Hauptmarkt getroffen. Da ist sie richtig unverschämt über dich und Stella hergezogen."
Victoria errötete: „Da kann ich dir nicht weiter helfen, Ernst."
„Sie meinte, ich hätte keinen Vater, das würde ein schlechtes Licht auf dich werfen."
Victoria lachte laut auf: „Die ist wohl neidisch, weil sie sieht, dass es uns ohne Mann im Haus gut geht, während sie sich tagein tagaus mit einem unbrauchbaren Kerl abgeben muss."
„Aber...", fing Ernst an, stutzte und wusste erst nicht recht, wie er sich ausdrücken sollte, „ich dachte, du kennst Irina gar nicht. Woher weißt du, dass ihr Mann nichts taugt?"
„Ach, Ernst, das erzähl man sich in Gotha. Außerdem sind die beiden gar nicht verheiratet."

Ernst wunderte sich, denn seine Mutter kümmerte sich nie um das, was in der Stadt so erzählt wurde. Keine Bedeutung hatte sie je dem „Gerede" anderer Frauen beigemessen, wie sie das Tratschen immer nannte. Sie hatte zwei gute Freundinnen, mit denen sie regelmäßig Sport trieb, ins Kino ging oder ab und an nach Erfurt fuhr. Doch tratschen hatte der Junge seine Mutter Zeit seines Lebens nie gehört. Wenn er einmal zufälligerweise ein Gespräch unter den Freundinnen verfolgt hatte, dann ging es um Politik, Bücher, vielleicht auch mal um Mode, aber „geredet" wurde nicht. Das hätte auch nicht zu Victoria gepasst.

Obwohl ihn die Äußerung seiner Mutter nicht überzeugte, ließ Ernst das Thema fallen, zumal sie mit dem Abendbrot fertig waren. Außerdem war es zwanzig vor sieben und Ernst wollte pünktlich zum Treffen mit Sophia gelangen. Deshalb stand er auf, half seiner Mutter beim Abtragen und holte danach Stellas Briefe aus seinem Zimmer.

„Ich komme spät heim, Mama."

„Klar", meinte Victoria, „ich schau mir das Feuerwerk mit Petra an."

Sternwarten

Ernst traf Sophia am Goethestein, der sich in einer Ecke des Schlossparks befand. Sie fanden den Ort nicht besonders schön, doch hinter dem Stein zu Ehren Goethes konnte man sich gut vor unliebsamen Blicken schützen. Außerdem verlief sich kaum jemand in diesen abgelegenen Teil des Parks. Die Jugendlichen liebten diesen naturnahen Ort, der geschichtsträchtig war, und wie sie wussten, dank Herzog Ernst II von Sachsen Gotha-Altenburg als eine der ersten englischen Parkanlagen auf dem Kontinent angelegt worden war. Auch Goethe lernte den Park während seiner zahlreichen Aufenthalte in der Stadt kennen und offenbar lieben. Die Atmosphäre inspirierte ihn sogar dazu, im Mai 1782 ein Gedicht zu verfassen, das auf dem Goethestein festgehalten war:

> *Welch ein himmlischer Garten*
> *entspringt aus Öd' und aus Wüste.*
> *Wird und lebet und glänzt*
> *herrlich im Lichte vor mir!*

„So eine Frechheit", sinnierte Ernst immer wieder, wenn er die Zeilen las. Was hatte sich Goethe bloß gedacht, dass er Gotha, denn so interpretierte er das Gedicht, als Öde und Wüste bezeichnete? Es sah so aus, als würde der schöne Park die Stadt erst zu etwas Erhabenerem werden lassen. Nicht zum ersten Mal schüttelte Ernst über den großen Dichter den Kopf. Eigentlich wäre es doch schön gewesen, wenn er sich in Gotha und nicht in Weimar niedergelassen hätte. Gotha passte auch als Name besser zu Goethe. Aber wenn er so über seine Stadt herzog, dann konnte es ihm nur Recht sein, wenn der größte Dichter der deutschen Literatur Gotha mit seiner Anwesenheit verschont hatte.

Goethes Gedicht ging, so wussten Stella und Ernst, weiter:

Wohl den Schöpfer ahmet ihr nach, ihr Götter der Erde,
Fels und See und Gebüsch, Vögel und Fisch und Gewild.
Nur, dass euere Stätte sich ganz zum Eden vollende.
Fehlet ein Glücklicher hier, fehlt euch am Sabbat die Ruh'.

Zur Begrüßung küsste Ernst Sophia auf die Stirn: „Warum haben sie eigentlich nicht das ganze Gedicht auf dieser Tafel festgehalten? Das sieht so unfertig aus", sprudelte es aus ihm heraus.
„Keine Ahnung", antwortete Sophia kurz angebunden.
„Goethe maßt sich an, unsere Stadt als Öde und Wüste zu bezeichnen", doppelte der Junge nach.
„Man kann das auch anders lesen", meinte Sophia.
„Wie denn?", wunderte sich Ernst.
„Vielleicht meinte Goethe, dass es früher hier öd war und nun ein solch wunderschöner Park entstanden ist. Nicht Gotha ist also unschön, sondern die Menschen haben hier etwas Wunderbares erschaffen."
„Echt?", fragte Ernst wenig überzeugt.
„Ach, Ernst, lass uns lieber nach einem ruhigen Ort suchen, wo wir hingehen könnten."
„Wohin möchtest du denn?"
„Wie wäre es mit dem Merkur-Tempel? Das wäre doch ein guter Ort für uns. Schließlich war Merkur der Götterbote und wir lesen Stellas Briefe. Passt doch?"
„Meinst du? Er war doch auch der Gott der Händler und Diebe. Vergiss neben dem geflügelten Helm und den Flügelschuhen nicht den Geldbeutel."
„Woher weißt du das denn?"
„Natürlich von Stella. Sie hat mich auch als Erste auf die Statue bei der ehemaligen Merkur-Apotheke aufmerksam gemacht."
„Du meinst die in der Querstraße?"
„Genau die."

„Die Statue hat aber kein Geld bei sich. Soviel ich weiß hält sie nur zwei Stäbe in den Händen. Oder ist es ein Stab und ein Schwert?", sinnierte Sophia vor sich hin.
„Keine Ahnung", antwortete Ernst und fügte dann noch hinzu: „Aber ich bin gegen den Tempel, da sind wir zu sehr ausgestellt. Lass uns lieber zum Teeschlösschen gehen. Da sieht uns jetzt bestimmt keiner."
Sophia war einverstanden.
Tatsächlich war die Kindertagesstätte geschlossen und die Jugendlichen konnten sich ungestörten Zutritt zum Hof verschaffen. In einer geschützten Ecke setzten sie sich gegen die Mauer des Gebäudes.
„Lass uns die Briefe lesen. Ich muss kurz vor neun wieder auf dem Platz vor dem Rathaus sein. Meine Mutter will mich zum Festauftakt sehen. Die kontrolliert mich bald auf Schritt und Tritt."
Ernst zog das kleine Briefbündel aus seiner Jackentasche und legte die Umschläge einzeln vor sich hin. „Wir sollten den ersten heraussuchen", meinte er und versuchte wieder, das Datum auf den vorhandenen Briefstempeln zu entziffern, umsonst.
„Das bringt doch nichts", sagte Sophia ungeduldig, „wir müssen die Briefe aus den Umschlägen nehmen und nach dem Datum auf den Schreiben suchen. Außerdem hat nicht jeder Brief eine Briefmarke mit Stempel. Es sieht so aus, als seien einige von Hand überbracht worden."
Ernst überzeugte Sophias Argument und so zogen sie ein Schreiben nach dem anderen aus dem jeweiligen Umschlag und sortierte die Briefe nach Datum.
Der erste Brief war mit Paris, 15. Juni 1960 datiert. Diesmal nahm ihn Sophia an sich und begann zögerlich zu lesen:

Liebe Stella, Stern an meinem Himmel,
wie fiel mir der Abschied von deinen Küssen, von deinen
Armen, von dir und von Gotha schwer. Aber die Arbeit an

der Sorbonne rief und du weißt: Ich brauche das Geld, auch wenn es nicht viel ist, für Rosaria und meine Tochter Elena. Unser Treffen, die Liebe zwischen uns war vorbestimmt, steht unter einem besonderen Stern. Das sagte ich dir bereits in jener ersten Nacht, die wir beim Teeschlösschen verbrachten. Wir haben uns nicht gesucht und doch gefunden. Ich kam nur wegen der Sternforschungsgeschichte und um die Heimatstadt meiner Mutter kennen zu lernen nach Gotha und fand dich, ausgerechnet dich, meine Stella. Niemals war es mein Plan, Rosaria zu verletzen, sie zu hintergehen und dich unglücklich zu machen. Doch bevor ich dich getroffen habe, kannte ich die Liebe nicht, meinte jedoch, sie schon erfahren zu haben. Ich hätte sonst nicht geheiratet, kein Kind gezeugt. Ich weiß nicht, wie mein Leben weiter gehen soll, weiß nur, dass ich die Arbeitsstelle an der Sorbonne halten muss und dich nicht verlieren will.
Bitte, Stella, komm mich besuchen, zieh zu mir nach Paris, denn ich brauche deine Umarmungen, deine Küsse, das Mich-in-dir-verlieren-können.
Ich verspreche dir, dass ich mich hier nach einer Arbeit für dich umsehen werde, nach einer Wohnung oder einem Zimmer für uns beide. Die Lage in deinem Land ist unsicher. Komm zu mir. Du wirst sehen: Ich finde auch eine Lösung mit Rosaria.
An Weihnachten fahre ich nach Bologna. Dann kläre ich alles.
Lass dich an mich drücken und schreibe, bitte schreibe meiner Seele, die sich nach dir sehnt und verzehrt.

Dein Ernesto

P.S.: Zähle die Sterne an der neuen Sternwarte. So viele Tage habe ich zu Studienzwecken in Gotha verbracht. So wenig Zeit bedurfte es, dich kennen und lieben zu lernen.

Sophia ließ den Brief langsam auf den Boden gleiten, als handle es sich um ein zerbrechliches Herbstblatt. Dann legte sie ihren Kopf auf Ernsts Schulter und seufzte. Zum Glück tat sie Letzteres, denn der Junge musste vor Aufregung leer schlucken und Sophia hätte das womöglich gehört.
„Stell dir vor, Ernst, deine Oma hatte die wahre Liebe gefunden. Ist das nicht traumhaft?"
„Ich weiß nicht. Schließlich hat sie nie über Ernesto gesprochen. Wahrscheinlich handelte es sich um eine einseitige Liebe."
„Wer weiß", erwiderte Sophia und fügte noch hinzu, „etwas muss dazwischen gekommen sein, etwas muss geschehen sein. Damals war doch auch der Mauerbau."
„Die Mauer wurde erst im Sommer 1961 gebaut, Sophia."
„Dennoch. Vielleicht konnte sie ihm nicht folgen und dann war es zu spät."
„Möglich", meinte Ernst verträumt.
„Was denkst du?", stellte Sophia die unsäglichste aller Frauenfragen.
„Och, nichts", war Ernsts mechanische Antwort.
„Komm schon", insistierte Sophia.
„Ich finde es bloß unheimlich. Wegen des Teeschlösschens. Und im letzten Brief war es der Müller-Tempel."
„Stimmt. Andererseits hast du es selbst schon gesagt: Gotha ist nicht groß. Stella und Ernesto werden sich wie wir die hübschen und weniger ausgestellten Orte ausgesucht haben, um sich zu treffen." Sophia hatte ihren Kopf leicht gedreht und blickte Ernst von schräg unten in die Augen.
„Ich muss dir noch was erzählen", sagte Ernst, der die Spannung, die er durch Sophias Nähe fühlte, kaum mehr aushielt. Sophia setzte sich wieder aufrecht hin und war ihm nicht mehr ganz so nahe: „Erzähl", drängte sie.
Ernst berichtete über Goethes Stella und über das, was seine Mutter ihm gesagt hatte.

„Das ist kein Zufall", waren Sophias Worte, als Ernst fertig berichtet hatte. „Deine Mutter ist bestimmt die Tochter von Ernesto."
„Hab ich mir auch schon überlegt, doch warum hat weder Stella noch meine Mutter mir je davon erzählt?"
Sophia runzelte die Stirn: „Ich könnte mir vorstellen, dass deine Mutter nichts davon weiß."
„Aber wieso nicht? Warum sollte Stella ihr das verschweigen?"
Eine Weile hingen beide ihren Gedanken nach. Dann meinte Sophia: „Vielleicht wollte Stella nicht, dass ihr zukünftiger Ehemann davon erfährt. Also hat sie es verschwiegen. Vergiss nicht, dass damals die Sitten noch anders waren."
„Aber Stella schien mir immer so selbstbestimmt...", Ernst versank wieder ins Grübeln.
„Was überlegst du denn jetzt schon wieder?", fragte Sophia gereizt.
„Ich rechne gerade nach, wie viele Tage Ernesto in Gotha war. Das müssten wir herausfinden können."
„Hm, also die neue Sternwarte liegt an der Jägerstraße. Wir können sie uns anschauen gehen. Es wird nicht schwierig sein, sich die Aufenthaltstage auszurechnen. Doch lass uns zuerst noch die anderen Briefe lesen."
„Nein, Sophia, du musst bald weg. Lass uns lieber zur Sternwarte spazieren. Die liegt hier ganz in der Nähe. Nachher begleite ich dich zum oberen Hauptmarkt."
„Gut, aber lass uns darauf achten, dass uns meine Mutter nicht sieht. Keine Ahnung, was sie gegen dich und deine Familie hat. Schließlich kennen die sich doch gar nicht."
Ernst erwiderte nichts, sondern legte die Briefe so zusammen, dass der älteste, den Sophia eben gelesen hatte, zu oberst lag. Dann verstaute er das Bündel wieder in seiner Jackentasche, stand auf und half Sophia auf die Füße.
Die beiden Jugendlichen gingen die wenigen Schritte durch den Schlosspark und begaben sich in die Jägerstraße. Die Stern-

warte, die mittlerweile unter anderem eine Firma beherbergte, sah gepflegt aus. Der gelbe Sandstein des Gebäudes, das wusste Ernst von Stella, stammte aus der alten Sternwarte am Seeberg. Hansen hatte hier mit seiner Familie gelebt, hatte im seitlichen Gebäude unterrichtet und war dort seinen Nachforschungen nachgegangen. Auch in diesem Gebäude standen die Fundamente, welche die Instrumente trugen, frei und das Haus, beziehungsweise der Turm, waren darum herum gebaut worden. Um zum Eingang zu gelangen, hätten Ernst und Sophia über eine kleine Brücke den Leinakanal passieren müssen. Doch sie wollten nicht den Garten betreten, der Privatgrundstück war. Von der Straße aus konnten sie trotz einbrechender Dunkelheit die Inschrift sehen, die über dem Eingang prangte: „SPECULA ERNESTINA IN VICINO MONTE OLIM CONDITA AB ERNESTO II D.G. ET FORTUNIORE LOCO NUNC REST: AB ERNESTO II D.C. ET G. MDCCCLVII", sprach Sophia mit feierlicher Stimme.
„Mensch, Sophia, jetzt ist unser spärliches Lateinwissen gefragt."
„Also, die Jahreszahl ist klar: 1852. Den Rest musst du übersetzen."
„Gut, ich versuche es: Ernestinische Sternwarte, auf dem nahen Berge früher gestiftet von Ernst II, Herzog von Gotha und Altenburg, nun an geeigneterer Stelle wiederhergestellt durch Ernst II, Herzog von Coburg und Gotha, 1857. Nicht 1852! Dabei dachte ich, du seiest so gut im Rechnen."
„Nicht im Rechnen, nur in Mathe", meinte Sophia und lachte. Dann fügte sie noch hinzu: „Aber ich sehe, dein Latein ist spitze. Kein Wunder, du brauchtest ja fast nur deinen Namen zu übersetzen. Im Ernst!"
Der Junge reagierte nicht auf den Witz, meinte stattdessen: „Lass uns mal die Anzahl Sterne zählen. Da oben sind auf jeder Seite sechs Stück, zumindest dort, wo sie noch vorhanden sind."
„Also: Wenn der Turm ein Oktagonal ist, dann hat er acht Seiten."

„Und damit: Acht mal sechs gibt...", überlegte Ernst.
„Genau achtundvierzig Tage. Achtundvierzig Tage war Ernesto in Gotha."
„Das bedeutet etwas mehr als einen Monat."
„Ich meine, das ist Zeit genug, um deine Oma kennen zu lernen."
„Ja, aber wie und wo? Schließlich wissen wir kaum etwas von Ernesto. Wo mag er gewohnt haben?", fragte Ernst.
„Ich glaube nicht, dass er das Geld hatte, um in einem Hotel zu übernachten. Also hat er wahrscheinlich in einer Pension gelebt. Oder er hat bei jemandem ein Zimmer gemietet. Und irgendwie haben sich dann seine Wege mit jenen von Stella gekreuzt."
Ernst nickte: „Du hast Recht, Sophia. Möglich, dass er sogar bei Verwandten gewohnt hat, seine Mutter scheint ja aus Gotha zu stammen. Und wir wissen, dass Ernesto etwas mit den Sternen zu tun haben muss."
Jetzt war es Sophia, die nickte: „Darauf deuten gewisse Passagen im Brief hin und auch die Wortspiele mit Stellas Name. Aber ich weiß nicht, ob die Sorbonne für Astronomie bekannt ist. Vielleicht waren die Sterne auch bloß Ernestos Hobby."
Die Jugendlichen grübelten wieder vor sich hin. Dann fragte Sophia: „Sollen wir nicht doch noch einen Brief lesen?"
Ernst blickte auf seine Armbanduhr: „Es ist schon viertel vor neun. Ich glaube, wir sollten lieber zur Eröffnungsfeier des Gothardusfestes."
„Stimmt. Weißt du übrigens, dass man eine Zeitlang die Uhren in ganz Gotha nach der Zeitangabe aus dieser Sternwarte gestellt hat? Witzig, was? Ich meine sogar einmal gehört zu haben, dass man darüber nachdachte, den Nullmeridian in Gotha festzulegen."
Ernst blickte Sophia skeptisch an: „War das nicht eher Wunschdenken?"

„Möglich", antwortete Sophia.
„Trotzdem", sagte auf einmal der Junge, „leben wir nicht in einer faszinierenden Stadt? Sie ist voller Schätze und Geschichten."
„Ja, und ich kann mir vorstellen, dass viele davon schon in Vergessenheit geraten sind, weil Menschen, die sie erlebt haben, gestorben sind, ohne sie weiter zu geben."
Ernst musste wieder an Stella denken und an die Geheimnisse, die sie mit in den Tod genommen hatte. „Ja", flüsterte der Junge vor sich hin, „die Stadt ist auch ein Stück unserer Identität. Wir müssen mehr Fragen stellen, neugieriger werden und achtsamer mit unserer Umgebung umgehen. Im Grunde sind wir Nachfahren, werden aber als Vorfahren wiederum zahlreiche andere Menschen prägen."
Sophia lachte: „Bei dir sieht man das sogar an deinem Vornamen deutlich."
„Lach nicht, Sophia, das kann man von deinem auch behaupten."
„Wie meinst du das?"
„Na, Sophia: Das war doch der zweite Name der Ehefrau Ernsts des Frommen. Hieß die nicht Elisabeth Sophia?"
„Stimmt", meinte Sophia, fügte noch hinzu, „hoffentlich muss ich nicht auch so viele Kinder wie sie gebären. Stell dir vor, die hatten achtzehn Kinder. Von denen überlebten nur sieben Söhne und zwei Töchter."
Ernst meinte: „Ja, das war damals so", wobei auch ihm nicht klar war, ob er an die Anzahl geborener oder überlebender Kinder dachte.
„Meinst du, dass wir auch einmal heiraten werden?", fragte Sophia ins Blaue hinaus, wurde rot und rannte weg.
Ernst blicke ihr erstaunt nach. Was war bloß in sie gefahren? Er schüttelte verwundert den Kopf. Manchmal verstand er die Frauen nicht.

Ereignisse

Der Junge ging langsam wieder durch den Park zurück und über das Schlossareal. Als um neun Uhr der Auftakt zum Gothardusfest stattfand, konnte Ernst Sophia von weitem sehen, wie sie in der Nähe des Gothardusbrunnens vor ihrer Mutter stand. Neben Irina sah er dagegen einen Mann, der seinen rechten Arm liebevoll um ihre Schultern legte. Der Herr war wohl ihr Lebenspartner, Sophias Vater. Irina schaute von schräg unten zu ihm hoch. Ernst hätte nicht sagen können warum, doch er bekam bei diesem Anblick eine Gänsehaut am ganzen Körper. Hatte es mit Sophias hingeworfener Frage zu tun? War es vielleicht deshalb, weil Irina ihn an Sophia erinnerte, die ihn auch schon auf diese Weise angeblickt hatte? Oder lag es eher daran, dass Sophias Mutter in dem Moment freundlich und hübsch aussah, was er nur schwer ertrug, da er sie nicht ausstehen konnte?

Ernst musterte Sophias Vater. Er kannte seinen Namen nicht, hatte ihn noch nie gesehen und wusste, wie er jetzt erstaunt feststellen musste, eigentlich gar nichts über ihn. Es war ihm nur bekannt, dass Sophia ein Einzelkind war und dass sie einen Vater hatte, über den sie nie sprach. Ernst hatte sich schon manches Mal darüber gewundert, hatte Sophia sogar danach gefragt.

„Ach, Ernst, da gibt es nichts darüber zu sagen. Er ist ganz nett", war alles, was Sophia über ihren Vater zu sagen hatte. Natürlich musste jetzt der Junge an die Worte von Victoria denken, die behauptet hatte, er sei ein unbrauchbarer Kerl. Doch welcher Mann bekam in seiner Familie, mit Ausnahme seines Urgroßvaters Friedrich, nicht auch diesen erniedrigenden Titel?

Ernst betrachtete Sophias Vater und stellte fest, dass er ein gut aussehender Mann war, groß gewachsen, mit braunem, vollem Haar, das leicht gewellt war. Die Augenfarbe konnte er aus dieser Distanz nicht erkennen. Er hatte eine gute Figur

und Ernst überlegte, dass er sportlich aussah. Wahrscheinlich besuchte er ein Fitnessstudio oder fuhr draußen Fahrrad.
In dem Moment hörte Ernst von der Bühne den Oberbürgermeister von Gotha die Bevölkerung und die Gäste begrüßen. Die Rede war kurz und gut gehalten. Dann wurde das diesjährige Gothaer Liebespaar vorgestellt, was Ernst eher peinlich fand. Nur kurz sah er sich und Sophia verkleidet auf der Bühne stehen, schüttelte den Gedanken gleich wieder ab. Zum Schluss wurde die Hymne für Gotha gesungen. Der Junge überlegte, dass er sich für nächstes Jahr wenigstens den Refrain aneignen wollte, wenn er schon in einer Stadt lebte, die eine eigene Hymne hatte.
„Gotha, du Perle am Thüringer Wald...", war alles, was er mitsummen konnte.
Als sich Ernst umschaute, merkte er, dass der obere Hauptmarkt mit Menschen überfüllt war, die sich jetzt in zwei Richtungen auf den Weg machten. Die einen folgten dem Lichterlauf, die anderen eilten bereits zur Orangerie, um sich für das Feuerwerk einen guten Platz zu sichern. Der Junge ging wieder zum Schloss hoch, entschied sich jedoch dazu, um das historische Gebäude herumzuspazieren. Deshalb bog er in den Kurd-Laßwitz-Weg ein und genoss die Ruhe im Vergleich zur Menschenmasse, die im Augenblick die Stadt überflutete. Da er einen großen Bogen um das Schloss gemacht hatte, gelangte er erst nach einer guten Viertelstunde zum Abhang unterhalb des Teeschlösschens, wo er mit Sophia abgemacht hatte. Der Junge setzte sich auf das Gras, legte sich dann hin und blickte in den dämmernden Abendhimmel.
Ernst musste eingeschlafen sein, denn er schreckte hoch, als Sophia sich neben ihn setzte und, „Hallo, Schlafmütze", zu ihm sagte.
Die Stimme hatte im Gegensatz zu ihrer Aussage eher bedrückt geklungen, weshalb der Junge fragte: „Was ist los?"
„Ach, Scheiße", sagte Sophia, fing dann an zu weinen.

Ernst setzte sich auf und nahm Sophia in seine Arme. Er streichelte ihr über den Rücken: „Sch..., hey, was ist denn mit dir los?"

Sophia schluchzte weiter. Dann beruhigte sie sich langsam, löste sich aus Ernsts Umarmung und putzte sich mit einem gebrauchten Papiertaschentuch, das sie aus ihrem grauen Rucksack gezogen hatte, die Nase. Mit der rechten Hand fuhr sie sich über die Wangen und trocknete damit die Tränen, so gut es eben ging. „Ach, Scheiße", wiederholte Sophia.

„Was ist los?", stellte auch Ernst wieder die gleiche Frage.

„Meine Eltern wollen heiraten", antwortete sie bedrückt.

Der Junge schaute Sophia erstaunt durch die Dunkelheit an: „Na und? Ist doch schön."

Doch Sophia schüttelte den Kopf: „Das verstehst du nicht."

„Dann erklär es mir. Da gibt es doch wirklich Tragischeres als eine Hochzeit."

Sophia schwieg eine Weile, als suche sie nach den passenden Worten, dann meinte sie: „Als ich klein war, hatte ich keine Ahnung, dass meine Eltern nicht verheiratet waren. Später, etwa mit sechs oder sieben Jahren, habe ich es herausgefunden. Ich weiß noch, dass eine Klassenkameradin von mir auf die Hochzeit ihrer Tante durfte. Später brachte sie Fotos von der Feier mit. Sie prahlte mit dem wunderbaren Kleid, das sie anhatte, das so schön wie das der Braut gewesen sei, und solchen Mist. Ich habe daraufhin meine Mutter gefragt, wie ihre Hochzeit ausgesehen hatte. Oder vielleicht wollte ich bloß die Fotos sehen und mit in die Schule nehmen, um auch prahlen zu können. Und dann erzählte mir meine Mutter doch tatsächlich, sie und mein Vater hätten nie geheiratet."

„Und wieso nicht?"

„Angeblich hätten sie es nicht so wichtig gefunden."

„Das scheint mir nachvollziehbar. Schließlich gibt es genügend Paare die heiraten und sich dann gleich wieder scheiden lassen."

Sophia schüttelte den Kopf: „Das muss bei meinen Eltern noch einen anderen Grund gehabt haben."
„Welchen denn?"
„Irgendwie hat meine Mutter auch noch etwas von wegen Sicherheit oder eben keine Sicherheit gesagt. Aber ich kann mich nicht mehr erinnern. Auf alle Fälle habe ich es so verstanden, dass sie sich nicht auf etwas einlassen wollte, von dem sie nicht überzeugt war."
„Immerhin hat sie dich gezeugt, das ist ja nicht gerade wenig", erwiderte Ernst.
„Stimmt. Die beiden waren auch schon länger zusammen, als ich zur Welt kam."
„Vielleicht wollen sich deine Eltern nach so vielen Jahren das Ja-Wort geben, weil sie gemerkt haben, dass sie sicher sind. Ist doch schön?", fragte Ernst unsicher.
„Nein, die wollen angeblich aus einem anderen Grund heiraten."
„Nämlich?"
„Meine Mutter ist schwanger", sagte Sophia leise und fing wieder an zu weinen.
„Jetzt verstehe ich gar nichts mehr. Das ist doch toll: Endlich bekommst du eine Schwester oder einen Bruder."
„Du begreifst echt gar nichts", schluchzte Sophia.
Ernst saß rat- und hilflos neben seiner Freundin.
„Ich finde das total peinlich", stieß Sophia wütend aus.
„Peinlich?"
„Genau, das ist sogar furchtbar peinlich. Meine Mutter ist schon vierzig!"
„Na und?"
„Mit Vierzig und einer Tochter, die bald sechzehn ist, wird man nicht mehr schwanger."
Ernst lachte: „Offenbar doch."
„Na danke für dein Verständnis."
„Entschuldige, Sophia, doch ich kann dir nicht folgen. Ich würde mich riesig freuen, wenn ich noch einen Bruder oder

eine Schwester bekäme. Schließlich wäre ich meinen Einzelkind-Status gerne los, das kannst du mir glauben. Und es wäre mir sogar egal, mit wem meine Mutter dieses Kind zeugen würde. Dann hätte sie nämlich wieder einmal einen Mann an ihrer Seite."

„Stell dir lieber vor, wie mein Leben in einigen Monaten aussehen wird", sprach Sophia, ohne auf Ernst einzugehen. „Wir wohnen zu dritt in einer Dreizimmerwohnung. Ich darf dann, sobald das Balg etwas größer ist, mein Zimmer mit meinem Geschwister teilen. Dann ist Schluss mit Ruhe und Privatsphäre."

Ernst sinnierte über Sophias Worte nach. „Du hast nicht Unrecht. Was du sagst, das hat was. Und doch: Du weißt noch nicht, wie viel dir das Geschwister geben wird. Ich bin überzeugt, dass es toll ist, wenn man einen Bruder hat."

„Hör zu, Ernst, ich hätte als Kind gerne ein Geschwister gehabt. Aber jetzt bin ich zu alt dafür. Ich habe fast sechzehn Jahre lang als Einzelkind gelebt. Nun mag ich auch nicht mehr. Wirst schon sehen, am Ende kann ich auch noch Babysitter spielen, wenn die beiden ausgehen wollen. Und ich verdiene dann nichts, versteht sich, hab aber ein quengelndes Geschwister am Hals."

Ernst wusste nicht mehr, was er noch hätte sagen können und legte daher seinen rechten Arm um Sophia.

Sie lehnte ihren Kopf prompt auf seine Schulter: „Weißt du was?"

„Erzähl."

„Am meisten ärgert mich, dass ich anders heißen werde."
Ernst verstand nicht: „Wie anders?"

„Ich habe bis jetzt den Nachnamen meiner Mutter getragen, Wagner, Sophia Wagner. Und nun soll ich in kürze Hoppe heißen. Kannst du dir das vorstellen? Sophia Hoppe. Das klingt furchtbar. Einfach schrecklich. Alle werden mich auslachen. Alle."

„Ich nicht, Sophia, niemals."
Sophia hatte wieder angefangen zu weinen.
Unterdessen hatte sich das Areal der Orangerie gefüllt. Um sie herum standen Tausende von Menschen. Und doch saßen die beiden Jugendlichen beinahe alleine auf der kleinen Wiese. Ernst hielt Sophia den Arm um die Schultern und langsam versanken sie in der nächtlichen Dunkelheit. Dann ertönte plötzlich ein lautes Geräusch.
„Das Feuerwerk", flüsterte Ernst.
Beide legten sich auf die Wiese am Hang und blickten in den Himmel. Zuerst explodierten nur einzelne Feuerwerkskörper, dann folgten mehr und mehr. Die Farben nahmen zu: erst gelb, dann rot, blau, grün und weiß. Ein Feuermeer entbrannte am Himmel.
„Sophia", flüsterte Ernst unnötigerweise, denn es war laut um sie herum, „der Himmel explodiert."
Die Menschenmenge staunte mit lauten Ohs und Ahs oder rief: „Schön!"
Ernst sagte: „Das Element Feuer, Sophia, siehst du das? Feuer und Luft vereinigen sich am Himmel."
Sophia hielt Ernsts Linke in ihren Händen und drückte sie: „Es sind die Sterne, Ernst, weißt du noch?"
„Ja", antwortete der Junge, „Stellas Sterne."
Und dann fühlte er sich in die Höhe gezogen und zurück in die Vergangenheit versetzt. Stella hatte vor einem Jahr das Feuerwerk mit Sophia und ihm bestaunt. Sie waren am gleichen Ort gelegen wie jetzt. Seine Oma hatte kein Wort gesagt, während sie in den Himmel geblickt hatte. Ein tiefes Staunen war in ihren Augen zu lesen gewesen. Es war ein Staunen, das nichts mit dem Feuerwerk zu tun gehabt hatte.
Ernst erinnerte sich noch daran, dass er gedacht hatte: „Stella sieht da oben etwas Anderes, etwas Wichtigeres, das sich hinter dem Feuerwerk verbirgt."

Und am Schluss der Vorstellung, als die beiden Jugendlichen aufgesprungen waren, war sie sitzen geblieben. Dann hatte sie gesagt: „Kinder, das war ein Augenblick tiefer Wahrheit. Feuer und Luft vereinen sich zu einem Meer des Lichtes. Zwei der vier Elemente sind vor unseren Augen verschmolzen: das Leichte der Luft und das Reinigende, Lebendige des Feuers. Es ist eben doch möglich, es wäre zumindest möglich gewesen."
Ernst hatte gestutzt, hatte zum ersten Mal in seinem Leben am Verstand seiner Oma gezweifelt: „Was willst du uns denn damit sagen?"
„Ach, Kinder, ich hätte es damals besser wissen müssen. Vertrauen hätte ich sollen, doch mein Herz war zu eng. Das Feuerwerk hat mir die Sterne am Himmel wieder vor Augen geführt. Vergisst das nie, ihr Lieben. Wenn die Liebe einen von euch jemals küssen sollte, folgt ihr. Manchmal gibt es keine zweite Gelegenheit im Leben. Und wenn man zaudert, wenn man Angst hat und das Vertrauen verliert, dann kann es leicht zu spät sein. Kein Augenblick im Leben kehrt je zurück, keiner. Zu spät habe ich das erkannt, viel zu spät."
Dann hatte Stella schrill gelacht. Ernst hatte sich beinahe vor ihr gefürchtet, doch sie hatte noch schnell hinzugefügt: „Am Ende kommt doch alles zusammen: das Wasser und das Feuer, die Erde und die Luft, aber vor allem die Freundschaft und die Liebe. Und alles, was man dann noch tun kann, ist verzeihen. Anderen, aber vor allem sich selbst. Das ist am schwierigsten. Am Ende kann man, wenn man Glück hat, endlich Frieden schließen. Denkt daran, Kinder. Ihr habt es noch vor euch, das Leben. Vergesst darum nie den Friedenskuss."
Stella war aufgestanden. Peinlich berührt und mit einer fast greifbaren inneren Schwere waren alle drei zur Orangerie hinunter geschlendert. Ernst wusste, dass Stella etwas Wichtiges gesagt hatte. Ihm war auch klar, dass er es nicht verstanden hatte, dass er es wohl niemals wirklich begreifen würde.

„Ernst?", hörte der Junge Sophia von der Seite das Wort an ihn richten.
„Ja?"
„Es ist wunderschön."
„Es ist die Verschmelzung von Feuer und Luft, es sind Stellas Sterne."
„Was?", fragte Sophia, denn seine Worte waren im Lärm der Feuerwerkskörper untergegangen.
Der Junge wiederholte seine Aussage.
Sophia küsste ihm die linke Hand: „Bist du traurig?"
„Ich werde niemals herausfinden, wer mein Vater ist, wer ich selbst bin", antwortete Ernst bewegt.
Als das Feuerwerk zu Ende war, kam Leben in die Menschenmasse, die fast eine halbe Stunde lang dem Lichtspektakel zugesehen hatte. Es war, als würde ein ungeheures Tier, eine Riesenkrake, ihre Arme bewegen. Erst schien es so, als wogten die Massen hin und her, doch mit der Zeit merkte man, dass die großen Arme des gewaltigen Tieres auseinander strebten, länger wurden. Viele Menschen verließen die Orangerie durch die beiden Tore in Richtung Schloss Friedrichsthal. Dann besetzten sie die Friedrichstraße, sodass die Straßenbahnen lahm gelegt wurden. Sie standen im Strom der Menschen wie Felsen in einem nächtlichen, schwarzen Meer. Doch auch nach oben, in Richtung Schloss, streckte die Krake ihre kräftigen Arme aus. Einige gingen wohl über die Waschgasse Richtung Stadt, sinnierte Ernst traurig. Durch jene Gasse, in der seine Oma nun nicht mehr wohnte, in der sie nie wieder wohnen würde.

Regungen

Zahlreiche Menschen wanderten zum oberen Hauptmarkt, um dort den Darbietungen des Gothardusfestes folgen zu können. Ja, denn nun ging das dreitägige Fest erst richtig los. Auf dem Buttermarkt, auf dem Neumarkt, auf dem oberen, auf dem unteren Hauptmarkt und am Brühl wurde bis in die tiefe Nacht hinein gefeiert. Doch Ernst war nicht in der richtigen Stimmung. Er hätte sich jetzt am liebsten wie ein verwundetes Tier in seinen Bau verkrochen, wollte nichts sehen, nichts hören. Er mochte nicht miterleben, wie andere Menschen fröhlich und ausgelassen feierten, während ihm umso schmerzlicher bewusst wurde, dass er nicht dazugehörte, weil ihn die Trauer um seine Oma und um die eigene Vergangenheit in eine Tiefe zog, aus der er sich im Augenblick nicht zu befreien vermochte. „Ich gehe unter", murmelte er vor sich hin.

Die Jugendlichen saßen noch immer auf der Wiese, da sagte Sophia: „Hör zu, Ernst, mir ist nicht zum Feiern zumute. Außerdem habe ich keine Lust, meinen Eltern in die Arme zu laufen, ihrem Glück zusehen zu müssen. Ganz zu schweigen, dass Irina sich bestimmt wieder ärgert, wenn sie uns zusammen sieht."

Obwohl Sophia es im Dunkeln nicht sehen konnte, nickte der Junge bloß.

„Was meinst du? Sollen wir nicht einen einsamen Ort suchen und dort noch einen oder zwei Briefe von Ernesto lesen?"

Ernst schüttelte den Kopf. Erst als Sophia nicht reagierte, merkte er, dass sie ihn gar nicht sehen konnte.

„Ich mag nicht, Sophia."

„Ach, komm schon, Ernst. Ich fühle mich auch mies, aber lass uns versuchen, das Beste daraus zu machen. Mit den Briefen können wir vielleicht einen Blick in die Vergangenheit wagen. Wer weiß: Möglich, dass du mehr über dich erfährst."

Wieder schüttelte Ernst den Kopf: „Selbst wenn ich etwas erfahre, dann betrifft es höchstens Stella oder meine Mutter, aber bestimmt nicht mich."

„Du irrst dich, Ernst. Auch deine Oma und deine Mutter sind deine Vergangenheit. Außerdem findest du möglicherweise mehr über deinen Großvater heraus. Und das ist zumindest ein Mann in deiner Familie, auch wenn er einer früheren Generation angehört. Und vielleicht kannst du dann deine Mutter überzeugen, dir von deinem Vater zu erzählen."
„Wie das denn?", zweifelte Ernst.
„Angenommen, sie entdeckt, dass ihr leiblicher Vater nicht der Mann ist, den sie immer so genannt hatte. Ich könnte mir vorstellen, dass es sie dazu anspornen würde, dir die Wahrheit zu sagen. Schließlich kann der Mann, mit dem Victoria ein Verhältnis hatte, kein Monster sein. Warum sollte sie also ewig seine Identität verschweigen?"
„Keine Ahnung, Sophia. Ich verstehe es ja auch nicht."
Die Jugendlichen schwiegen eine Weile, dann meinte Ernst: „Wir könnten zu mir nach Hause gehen."
Sophia stutzte. Dass sie rot wurde, blieb ein Geheimnis der Dunkelheit: „Ach, es ist doch so schön hier draußen", wich sie aus.
„Schön voller Menschen", war alles, was Ernst erwiderte.
„Wie wäre es, wenn wir zum Merkur-Tempel im Schlosspark gingen? Da ist jetzt sicher niemand. Alle sind in der Stadt am Feiern. Außerdem habe ich eine Taschenlampe mitgebracht."
Der Junge nickte wieder, was im Dunkeln unterging, fügte dann schnell hinzu: „In Ordnung."
Die beiden standen auf und nahmen den Weg über das Museum der Natur in den unteren Teil des Schlossparks. Als sie am kleinen See entlang spazierten, stellte Ernst fest, dass er sich nun wieder mit Wasser füllte. Schön sah die dunkle Fläche aus, die zum Teil vom Mond beschienen wurde. Die Oberfläche glitzerte leicht zwischen den Ästen hindurch.
„Lass uns auf der Parkbank dort vorne sitzen", meinte Ernst auf einmal, „es ist so schön hier am Wasser. Schließlich passt das Element auch zum Gothardusfest."

Sophia lachte leise: „Das Wasser steht erst morgen Nachmittag auf dem Programm, Ernst, das solltest du mittlerweile wissen."
„Stimmt. Und doch: Der Leinakanal und der See sind wieder gefüllt, das ist ja die Voraussetzung dafür, dass morgen die Wasserkunst wieder läuft."
Ernst drehte sich um und erblickte hinter sich den Merkur-Tempel.
Sophia schaute ihn an und fragte dann: „Was ist los?"
„Ich überlege gerade, dass Stella viel über den Tempel gesprochen hat."
„Was hat sie denn gesagt?", wollte seine Freundin wissen.
„Sie sprach von den Illuminaten, von Weishaupt und von der Bedeutung der vier Säulen, die aus der Erde emporzusteigen scheinen."
„Und was meinte sie darüber?", insistierte Sophia.
„Ach, sie behauptete, dass diese wohl an die vier Elemente erinnerten: Wasser, Erde, Feuer und Luft. Außerdem verjüngt sich das Dreieck darüber in Richtung Himmel. Auch das soll zur Sprache der Illuminaten gehört haben."
„Ich weiß auch etwas darüber: Ein Bekannter meines Vaters hat einmal Bilder von der Scala in Mailand und vom Weißen Haus mitgebracht", meinte Sophia.
„Und?", fragte Ernst interessiert.
„Stell dir vor: Die Eingangsportale sehen aus wie der Merkur-Tempel. Der Bekannte meinte dann, dass sich die Illuminaten über die Länder und Kontinente hinweg auf diese Weise verständigt haben. Es soll eine Art Wiedererkennungsmerkmal gewesen sein. Allerdings ist unklar, wie viel davon Wahrheit und was alles hinzugedichtet ist", dozierte Sophia.
„Herzog Ernst II von Sachsen-Gotha-Altenburg war zumindest ein Illuminat. Schließlich ist es ihm zu verdanken, dass der Begründer dieser geheimen Organisation nach Gotha flüchten konnte. Selbst der Schlosspark soll die Zeichen in sich bergen", doppelte Ernst nach.

„Zum Beispiel kann man von keinem Punkt des Weges aus mit Bestimmtheit sagen, ob es sich hierbei um einen See oder um einen Fluss handelt und ob das, was du dort siehst, eine Insel oder einfach eine Landzunge ist", sagte Sophia und deutete zum Wasser vor ihnen.
„Stella zitierte auch immer wieder den berühmten Spruch: ‚Es ist nicht möglich, das Große und Ganze in einem Einzigen zu sehen.' Ich hab das als Kind natürlich nicht verstanden."
„Deine Oma war wirklich eine faszinierende Frau. Und stell dir vor: Der Satz stimmte für sie, stimmt für Victoria und auch für dich", schloss Sophia.
Ernst schwieg, nickte und blickte traurig auf das Wasser vor ihnen.
Sophia merkte, dass ihr Freund in einer melancholischen Stimmung war. Deshalb versuchte sie ihn abzulenken, indem sie sich im Schneidersitz auf die Bank vor dem kleinen Teich setzte. Instinktiv tat es ihr Ernst gleich und nahm neben ihr Platz. Dann suchte der Junge in seiner Jackentasche nach den Briefen, während Sophia die Taschenlampe aus ihrem grauen Rucksack nahm.
„Welcher Brief ist der nächste?", fragte sie neugierig.
„Hm, ich glaube dieser hier. Da steht Paris, 12. Juli 1960. Ernesto scheint Stella lange nicht geschrieben zu haben", antwortete Ernst. Er zog den beschriebenen Bogen aus seinem Umschlag, faltete ihn sorgfältig auseinander und begann im Lichtschein der Taschenlampe langsam zu lesen:

Liebe Stella, Stern an meinem leer gewordenen Himmel,
seit Tagen frage ich mich, was los sein mag. Du schreibst
nicht und ich sitze in dieser wunderbaren Stadt und fühle
mich im Exil.
Du fehlst mir und ich mache mir große Sorgen um dich. In
den Zeitungen lese ich natürlich immer wieder von der po-
litischen Lage deines Landes, aber was und wie viel davon
mag stimmen?

Dann denke ich, dass du vielleicht meine Briefe nicht erhältst oder ich deine nicht. Deshalb habe ich überlegt, ob ich meine Post an dich auf einem anderen Weg schicken könnte. Aber wie mag der aussehen? Noch fehlt mir die nötige Phantasie.

Hier in Paris geht der Alltag seinen Gang und ich führte ein schönes Leben mit dir an meiner Seite. Alleine schmecken die Croissants und die Petit Pains au Chocolat schal, der Wein wie abgestandenes Wasser und selbst der Eifelturm scheint mir von Tag zu Tag zu schrumpfen.

Die Arbeit an der Sorbonne verläuft gut und ich forsche nach dem Unterricht wieder an meinem Lieblingsthema. Sobald wir uns sehen, erzähle ich dir mehr darüber. Es hat mit deinem Namen zu tun, meine Einzige.

Mit meiner Frau habe ich kaum Kontakt. Sie mag nicht telefonieren, schreibt wenig und scheint mich nicht zu vermissen. Das bestärkt mich im Gefühl, dass es ihr ähnlich wie mir ergeht. Wahrscheinlich merkt sie erst jetzt, da ich nicht in Bologna bin, dass sie mich nicht wirklich braucht, dass sie mit ihrer Familie bestens zurechtkommt.

Liebste, lass bitte von dir hören, denn ich stehe in ständiger innerlicher Anspannung, wenn ich nichts von dir erfahre.

Dein Ernesto

P.S.: Gehe im Arnoldigymnasium in die Sternwarte und blicke am 24. Juli zum Himmel hoch. Du wirst mit etwas Glück das Sommerdreieck erkennen können: Wega (aus der Leier), Atair (aus dem Sternbild des Adlers) und Deneb (aus dem Schwan). Ich werde um 22.30 Uhr hoch sehen. Tu das bitte auch und ich verspreche dir, wir werden uns im All treffen. Dir werde ich als Schwan „Orpheus" auf der Leier spielen.

Schweigen senkte sich über die beiden Jugendlichen. Jeder hing seinen Gedanken nach.

Dann war es Sophia, die fragte: „Was mag wohl geschehen sein?"
„Wie meinst du das? Wegen Stella, die nicht geantwortet hat?"
„Hmh."
„Vielleicht hat sie eingesehen, dass es nichts bringt. Möglich, dass sie gemerkt hat, dass sie Ernesto gar nicht wirklich liebt. Oder vielleicht hat sie Skrupel bekommen, weil sie ein Verhältnis mit einem verheirateten Mann angefangen hatte", sinnierte Ernst.
„Das glaube ich nicht."
„Was genau glaubst du nicht?", fragte Ernst und er war selber über seinen Ton erstaunt, der alles andere als freundlich war.
„Ach, Ernst, ich glaube, dass Stella diesen Mann geliebt hat. In den letzten beiden Tagen habe ich mir Äußerungen deiner Oma durch den Kopf gehen lassen, die ich gehört habe, als sie noch lebte. Ich habe Stella immer als faszinierende, gut aussehende und intelligente Frau angesehen. Dennoch dachte ich stets, sie sei schrullig oder zumindest seltsam."
„Und jetzt?"
„Jetzt denke ich, dass sie ein Geheimnis hatte. Und zwar ein derart großes, dass sie damit nicht zurecht gekommen ist. Möglich, dass sie ein Leben lang geschwiegen hat und keinem davon erzählt hat. Stell dir vor Ernst. Du verliebst dich in jemanden, der verheiratet ist. Du liebst wirklich, bist hin und her gerissen, was du nun tun sollst. Am Ende entscheidest du dich oder vielleicht entscheidet jemand für dich. Schließlich wurde 1961 die Mauer gebaut. Und dann lebst du weiter. Du weißt, dass du den Mann, den du über alles liebst, nicht mehr sehen kannst. Dennoch darfst du mit niemandem darüber sprechen, oder vielleicht willst du es auch nicht. Das ist eine schwere Last für einen Menschen, glaube mir. Ich würde es nicht aushalten, wenn ich nicht mit jemandem darüber reden könnte."
Ernst ließ sich Sophias Worte durch den Kopf gehen. Als Frau hatte sie zu den Gedanken und Gefühlen weiblicher Geschöpfe

sicher eher Zugang als er. Manchmal schien ihm die Frauenwelt doch reichlich seltsam zu sein. Weibliche Wesen funktionierten ganz anders als er. Ernst verstand sie nicht, meinte dennoch einiges zu begreifen, da er von zwei Frauen groß gezogen worden war.

„Ob Stella in jener Nacht in den Himmel geblickt hat? Ob sich ihre und Ernestos Blicke wenigstens im All, bei den Sternen getroffen haben?", fragte Sophia verträumt.

„Zumindest hat sie im Arnoldi gearbeitet. Möglich ist es schon, dass sie sich zur Sternwarte Zugang verschaffen hat", meinte der Junge.

„Vielleicht hat es in jener Nacht auch geregnet und der Plan ist ins Wasser gefallen", seufzte Sophia.

„Wer weiß", sagte Ernst und versank in Überlegungen, die vage mit Zufall und Schicksal zu tun hatten.

Sophia unterbrach seine Gedanken: „Lass uns noch einen weiteren Brief lesen."

Ernst holte den nächsten Umschlag hervor und entnahm ihm ein Schreiben, das auf den 18. August datiert war und ebenfalls aus Paris stammte. Allerdings klebte auf dem Umschlag keine Briefmarke. Das Rätsel löste sich, als die Jugendlichen den Text von Ernesto lasen:

Liebe Stella, Stern an meinem düsteren Himmel,
jetzt habe ich vielleicht einen sichereren Weg gefunden, wie wir in nächster Zeit kommunizieren können. Zwar ist es mir nicht mehr möglich, dir so oft zu schreiben wie bisher. Auf der anderen Seite wirst du meine Briefe in Zukunft bestimmt erhalten.
Ein Bekannter muss aus privaten Gründen immer wieder in die DDR reisen. Nun habe ich ihn gebeten, er möge dir meine Briefe überbringen. Du kannst ihm gerne eine Antwort mitgeben, die er mir zukommen lassen wird. Auf diese Art werden wir wenigstens einmal im Monat voneinander hören.

Ich gebe die Hoffnung nicht auf, dass du dich dazu entschließt, zu mir nach Paris zu kommen. In deinem letzten Brief hast du erwähnt, dass es deinem Vater etwas besser geht. Jetzt wäre doch bestimmt der richtige Augenblick gekommen, um die Reise zu unternehmen.
Unterdessen bin ich in Paris ins Quartier Latin umgezogen. Ich wohne in einer kleinen Einzimmerwohnung. Zwar besteht sie aus einem recht großen Raum, der mir jedoch als Wohn-, Schlaf- und Esszimmer dient. Fast hätte ich es vergessen: Ich verwende das Zimmer auch zum Arbeiten.
Letzte Woche hatte ich ein längeres Gespräch mit meinem Vorgesetzten. Stell dir vor: Seine Frau arbeitet als Deutschlehrerin an einer Privatschule. Er meinte, sie könnte dir vielleicht behilflich sein, eine Arbeit zu finden. Zwar sei es nicht einfach, aber es soll doch möglich sein. Bitte, Stella, fasse dir ein Herz. Ich erwarte dich hier täglich. Lass mich hoffen und sag mir, wann du kommen wirst.
Man bekommt hier nicht viele Informationen darüber, was in deinem Land vorgeht, und auch die Ausreisebestimmungen scheinen immer strenger und schwieriger zu überbrücken zu sein. Und doch: Immer wieder vernimmt man von einzelnen Menschen, aber auch von ganzen Familien, die den Absprung in den Westen geschafft haben.
Ständig, doch vor allem nachts, wenn es dunkel ist und ich einsam in meinem Bett liege, denke ich an dich. Neulich merkte ich mit Entsetzen, dass ich mir dein Gesicht nur noch schemenhaft in Erinnerung rufen kann. Die Details sind noch da: deine Augen, deine wunderbare, zarte Nase, deine einzigartigen Lippen, deine Haare.
Dir schicke ich meine verzweifelte Liebe,

Dein Ernesto

P.S.: Zähle die Sternwarten, die es in Gotha je gegeben hat zusammen und multipliziere sie mal zehn. Das Resultat entspricht den Jahren, die ich bereit bin, auf dich zu warten, wenn es denn sein muss.

P.P.S.: Wir haben ab heute unseren persönlichen Merkur. Schau ihn dir in der Querstraße für mich an und überbringe ihm meinen Dank.

Ernst faltete den Brief zusammen: „Irgendjemand muss wohl für Ernesto den Boten gespielt haben."
Sophia nickte verträumt vor sich hin: „Merkur. Davon haben wir doch heute gesprochen. Mir wird es wieder unheimlich. Ich habe den Eindruck, als läsen wir in der Vergangenheit und entdeckten doch nur wieder uns selber."
„Ach, was! Das ist Zufall. Wir sprachen vorher über den Merkur-Tempel. Hier ist die Rede von der Statue, die in der Querstraße an einem Gebäude steht, neben dem hübschen Häuschen, das als Geburtsort von Meyer bekannt ist."
„Ich weiß, du meinst das Haus, in dem unten das schöne Kaffee ist. Da sitze ich ab und zu mit einer Freundin."
„Ja. Daneben befindet sich das wunderbare Renaissancehaus mit der schönen Merkurstatue. Sie hat Flügel auf dem Helm und an den Schuhen und zeigt an, dass sie den Götterboten darstellt. Sozusagen der Postbote der Götter."
„Aber auch darüber haben wir heute schon gesprochen", sagte Sophia überzeugt.
Ernst konnte sich nicht mehr erinnern.
„Jetzt, wo du das sagst, kommt mir wieder in den Sinn, was unser Deutschlehrer erzählt hat, als wir in der Schule die griechischen Sagen durchgenommen haben", berichtete Sophia nach einer Weile. Dann fügte sie noch hinzu: „Bei den Griechen hieß er Hermes. Als er von den Römern übernommen wurde, nannten sie ihn Merkur und er wurde dabei auch zum

Beschützer der Händler und der Diebe. Damals überlegte ich, ob denn Händler automatisch als Räuber angesehen wurden. Auch dachte ich dabei an meinen Vater."
Ernst fragte erstaunt: „Warum an deinen Vater?"
„Er ist ja auch Händler. Allerdings kein besonders erfolgreicher."
„Wie meinst du das?"
„Na ja, eigentlich weiß ich es nicht so genau, doch das ist es, was meine Mutter immer wieder von ihm behauptet. Manchmal habe ich das Gefühl, sie nimmt ihn nicht wirklich ernst. Offenbar verdient er ihr zu wenig."
Nach einer Weile meinte Ernst: „Sollen wir nicht doch Richtung Altstadt? Wir könnten Merkur einen Besuch abstatten."
Sophia fürchtete sich noch immer davor, ihrer Mutter in die Arme zu laufen. Auf der anderen Seite war sie nervös. Sie war erleichtert, aufstehen zu können und ihrer Unruhe mit einem Spaziergang Luft zu verschaffen.
Die beiden Jugendlichen gingen durch den nächtlichen Park. Sie überquerten den Leinakanal, indem sie über eine kleine Brücke schritten. Dann stiegen sie die Treppe neben dem Museum der Natur hoch, liefen über die Straße und gingen in der Nähe des Teeschlösschens in Richtung Altstadt.
„Lass uns die Waschgasse nehmen, das ist schneller", meinte Sophia, als sie merkte, dass Ernst über den oberen Hauptmarkt gehen wollte. Schließlich war die Wahrscheinlichkeit größer, dort ihre Mutter zu treffen.
Doch der Junge blieb abrupt stehen: „Was ist?", fragte Sophia.
„Ach, mir ist beim bloßen Gedanken daran, die Waschgasse hinunter zu gehen, mulmig zumute. Dort hat doch Stella gewohnt."
Sophia schalt sich eine Närrin. Sie hätte daran denken können. Auf einmal traf Ernst eine Entscheidung: „Komm, wir gehen doch die Waschgasse hinunter. Ich muss mich daran gewöhnen."
Dennoch bekam er Gänsehaut, als er vor Stellas Haus vorbeiging und im Dunkeln ihr Namensschild erahnen konnte. Er

blickte die Fassade hoch und versuchte im zweiten Stock die beiden Fenster der Wohnung seiner Großmutter auszumachen. Plötzlich spürte er Sophias Hand auf seinem rechten Arm. Im Dunkeln lächelte er vor sich hin.
Die beiden bogen in die Querstraße ein und blieben vor dem Haus mit der Statue Merkurs stehen. Hier waren viele Menschen unterwegs, die vom Buttermarkt zum Neumarkt gelangen wollten oder umgekehrt. Die Jugendlichen hörten Musik, die vom einen Platz zu ihnen herwehte und eine Band, die am anderen Ort spielte.
So kam es ihnen vor, als befänden sie sich zwischen zwei Welten: „Das ist es", sagte Ernst auf einmal, „wir befinden uns dazwischen."
„Wie meinst du das?"
„Hörst du? Von dort erklingt Musik und von hier auch. Wir aber stehen in der Mitte. Genau so kommt es mir mit den Briefen vor. Wir stehen zwischen unserer Welt und jener meiner Oma. Zwischen den Zeiten."
Sophia wunderte sich über Ernsts Worte.
„Es ist nicht hell genug", meinte Sophia nach einer Weile, „man kann Merkur zwar erkennen, aber nicht richtig sehen." Sie überquerte die Straße und hob den Blick von dort in Richtung Fassade.
„Du stehst auf den Steinen", sagte Ernst.
„Hm?", meinte Sophia.
„Du stehst auf den Stolpersteinen der beiden Frauen."
Sophia hob einen Fuß nach dem anderen und stellte sich etwas auf die Seite. Dann sah sie die beiden vergoldeten Quadrate in der Halbdunkelheit aufleuchten. „Du hast Recht, Ernst, danke."
Beim Gedanken, dieses Mahnmal an die Zeit des Zweiten Weltkrieges, an die Deportation der Juden während des Dritten Reichs achtlos getreten zu haben, fühlte sie sich unwohl.

Schweigend, als ob sie sich wortlos abgesprochen hätten, gingen die Jugendlichen weiter in Richtung Buttermarkt.
„Sophia, lass uns zu mir nach Hause gehen", sagte der Junge nicht zum ersten Mal an jenem Abend.
Sophia war froh, dass es dunkel genug war, Ernst also nicht sehen konnte, wie sie errötete. „Ich glaube, ich muss heim."
„Darf ich dich begleiten?"
„Gut, aber lass uns vorher noch einen Brief lesen."
Die beiden spazierten über den unteren Hauptmarkt, dann über Brühl. Beim früheren Stadttor, das mittlerweile nur noch durch die beiden abstrakten Gotha-Türme gekennzeichnet war, hörten sie kurz einer Rock-Band zu. Dann überquerten sie den Bertha-von-Suttner-Platz und gingen in Richtung Schwimmhalle. „Lass uns auf den alten Friedhof gehen und dort einen Brief lesen", meinte Ernst auf einmal. Sophia war einverstanden. Sie setzten sich in die Nähe des Grabsteins von Arnoldi.
„Schau, Sophia", sagte Ernst, und leuchtete mit der Taschenlampe gegen das steinerne Monument, „Arnoldi hat bald Geburtstag, am 21. Mai."
Sophia lachte: „Das weiß ich doch. Schließlich gehe ich ins gleichnamige Gymnasium. Wir feiern seinen Geburtstag jedes Jahr."
Die beiden setzten sich zu Füßen des Denkmals, lehnten an den Stein und Ernst holte wieder das Bündel Briefe hervor. Der nächste Umschlag war ebenfalls ohne Briefmarke, nur die Anschrift Stellas war mit Ernestos Schrift, welche den beiden Jugendlichen mittlerweile vertraut war, beschriftet. Der Junge entnahm dem Umschlag einen Brief, den Sophia ihm abnahm. Sie öffnete das gefaltete Blatt Papier sorgfältig und las den Brief, der mit Paris, 12. September 1960 datiert war, langsam vor:

Liebste Stella, Stern an meinem hoffnungsvollen Himmel, danke, danke, danke, dass du mir geschrieben hast. Ich dachte schon, du wollest den Kontakt zu mir abbrechen.

Kaum konnte ich es erwarten, dass mein Bekannter wieder nach Paris zurückkam. Und dann, als er mich anlächelte, wusste ich, dass du ihm eine Nachricht mitgegeben hattest. Du willst mich besuchen? Im November? Aus familiären Gründen kannst du möglicherweise in den Westen reisen? Ich bin überglücklich. Natürlich verstehe ich, dass du nichts versprechen kannst und willst, dass die Papiere, die du brauchst, noch nicht in deinen zarten Händen liegen. Und doch: Auf einmal schöpfe ich wieder Hoffnung für mich, für dich, für uns. Und wenn du erst da bist, ja, dann, dann wirst du nicht mehr von meiner Seite weichen, so hoffe ich.
Stell dir vor: Die Frau meines Vorgesetzten, die in der Privatschule Deutsch unterrichtet, ist schwanger geworden. Nun sucht sie dringen eine Stellvertretung. Sie ließ über ihren Mann bei mir anfragen, ob du denn kommen würdest und Interesse hättest. Selbstverständlich habe ich ihm gesagt, dass wir bei ihm und seiner Frau vorsprechen werden, sobald du nach Paris kommst.
November: Das sind keine zwei Monate mehr. Du ahnst nicht, wie ich mich freue. Und noch etwas: Vielleicht bist du ja an meinem Geburtstag am 14. hier! Das wäre gleich ein doppeltes Geschenk für mich, zumal wir auch an einem 14. unsere erste Nacht zusammen verbracht haben. Damals war Frühling, weißt du noch?
Ich habe mich bereits auf die Suche nach einem passenderen Bett gemacht. Ja, denn in meiner möblierten Wohnung steht nur ein altes Sofa, das ich als Schlafstätte verwende. Doch zu zweit werden wir ein größeres Bett brauchen. Ein Arbeitskollege von mir versprach mir, seines auszuleihen. Sein Vater hat ein Auto, mit dem wir das Möbelstück nächsten Monat in meine Wohnung transportieren werden.
Ach, Stella, ich freue mich so auf dich! Schon zähle ich die Tage rückwärts und streiche alle 24 Stunden das entspre-

chende Datum auf meinem Monatskalender durch. Es trennen uns immer weniger Tage, immer weniger Stunden voneinander.
Dich an mich drückend,

Dein Ernesto

P.S.: Geh' zum linken Löwen vor dem Museum der Natur. Wenn du gut suchst, wirst du unter seinem massigen Körper etwas finden, das dich an meine Liebe erinnern wird.

Die beiden Jugendlichen schwiegen, als Sophia den Text zu Ende gelesen hatte.
Doch nach einigen Minuten meinte Ernst: „Ich will dahin."
„Wohin?", fragte Sophia, obwohl sie ahnte, woran Ernst dachte.
„Zu den Löwen. Ich muss sehen, was Ernesto meinte."
„Du glaubst doch nicht im Ernst, dass, was auch immer er dort versteckt hat, dass das nach all den Jahren noch dort ist. Schließlich wird Stella es zu sich genommen haben."
Doch Sophia konnte so viel argumentieren, wie sie wollte, Ernst war nicht umzustimmen. „Dann begleite ich dich aber", meinte sie trotzig.
„Musst du nicht nach Hause gehen?", fragte der Junge.
„Doch, aber das ist mir jetzt auch egal."
Ernst und Sophia gingen den ganzen Weg zurück bis zum Museum der Natur. Um nicht durch die Menschenmenge, die trotz später Stunde noch immer die Altstadt belagerte, gehen zu müssen, beschlossen sie, der Straßenbahn entlang zu spazieren. Dann schlugen sie die Bergstraße ein, und gingen am Ernestinum vorbei.
„Deine Schule sieht ganz schön heruntergekommen aus", entwich es Sophia.
„Na hör mal!", Ernst war empört, „Nur weil euer Schulhaus so schön renoviert ist, musst du..."

„Entschuldige", unterbrach ihn Sophia, „das war blöd von mir. Doch es erstaunt mich immer wieder, wie unterschiedlich gut gehalten die beiden Gebäude sind. Eure Schule ist ja mindestens ebenso geschichtsträchtig wie unsere."
Ernst hatte keine Lust, sich auf dieses Thema einzulassen. Schweigend gingen die beiden Jugendlichen den Hügel hoch, dann durch den Schlosspark, bis sie vor das Museum der Natur gelangten.
„Oh, nein!", sagte Sophia, „die Löwen stehen auf einem hohen Sockel!"
„Sei sportlich, Kleine", lachte Ernst sie aus.
„Vergiss nicht, dass ich im Sport spitze bin."
„Dann zeig mal, was du drauf hast", meinte Ernst und wollte schon losklettern.
„Welcher Löwe soll es sein?", fragte Sophia, „Oder möchtest du einfach kopflos zu suchen beginnen?"
„Hast ja recht", meinte Ernst. Dann fragte er noch: „Welcher ist es denn?", denn er hatte vergessen, was im Brief gestanden hatte.
„Der linke", sagte Sophia, „aber die Frage ist, wie das Ernesto gemeint hat. Vom Museum aus gesehen oder vom Schloss aus betrachtet."
„Lass uns auf dieser Seite anfangen", meinte der Junge und beide kletterten los.
Die Jugendlichen schauten, so gut es ging, zwischen die Vorderbeine des Löwens. Dabei leuchtete Sophia dem Raubtier mit ihrer Taschenlampe unter den Bauch.
„Nichts", sagte Ernst.
„Lass uns beim anderen nachsehen", meinte Sophia. Sie gingen die paar Schritte über die Treppe, kletterten hoch und blickten dem anderen Löwen zwischen die Pranken.
„Nichts", sagte der Junge enttäuscht.
„Warte!", befahl Sophia, als Ernst aufgeben wollte.
Beide blickten noch mal genauer unter den Löwen und dann sahen sie es. Sophia pickte mit ihren Fingernägeln unter den

Zotteln des Tieres hindurch und entnahm dem Hohlraum etwas Kleines, Leuchtendes.

„Was ist das?", fragte Ernst.

„Es sieht aus wie ein kleines Steinchen", sagte Sophia.

„Zeig mal", meinte Ernst aufgeregt und näherte sein Auge und die Taschenlampe noch mehr an Sophias Hand. „Es ist ein Stern!", schrie der Junge beinahe.

„Stella", sagte Sophia erstaunt.

„Aber warum hat sie das winzige Steinchen dort liegen lassen? Hättest du es nicht an dich genommen?", fragte er.

„Hm, doch, ich glaube schon. Wenn ich einen Mann liebte, der mir irgendwo etwas zurücklassen wollte, ich würde es an mich nehmen."

„Aber?", fragte Ernst, der spürte, dass Sophia noch etwas zu sagen hatte.

„Falls dieser mich enttäuschen würde, dann käme mir nur zweierlei in den Sinn. Entweder ich würde den Gegenstand wegwerfen oder ich legte ihn wieder dorthin, wo ich ihn gefunden habe. Aber wahrscheinlich würde ich ihn wegwerfen."

„Vielleicht...", meinte Ernst.

„Was?", drängte Sophia.

„Vielleicht hat sie den Stein erst vor kurzem dorthin gelegt."

„Du meinst, als sie wusste, dass sie sterben würde. Weil sie wollte, dass du ihn findest?"

Ernst nickte im Dunkeln vor sich hin. „Ja, das sähe Stella ähnlich."

„Möglich, dass sie es als Geste der Liebe zu Ernesto getan hat. Ganz nach dem Motto: Ich lege das Steinchen wieder an seinen Platz, dahin, wo es hingehört."

Die beiden schwiegen eine Weile, dann fragte Sophia: „Was willst du jetzt mit dem Stein anfangen?"

„Wir lassen ihn dort, wo wir ihn gefunden haben", sagte Ernst entschlossen.

„Wirklich?", wunderte sich Sophia.

„Ja."
Sophia gab vor, den winzigen Stern unter den Löwen zurück zu legen. Stattdessen ließ sie ihn in ihre Hosentasche gleiten.
„Weißt du, was mir gerade durch den Kopf geht?", fragte Ernst.
Sophia schüttelte den Kopf.
„Ich habe eben überlegt, dass doch der Löwe das Zeichen von Venedig ist."
Sophia schwieg kurz, dann sagte sie: „Du meinst, Ernesto wollte damit sagen, dass Stella nach Venedig kommen solle, eines Tages?"
Ernst nickte: „Gut möglich. Schließlich stammt Ernesto aus Italien. Soviel ich weiß, gingen früher die Italiener oft nach Venedig auf Hochzeitsreise. Oder dann nach Rom."
„Woher weißt du denn das schon wieder?", wunderte sich Sophia.
Ernst lachte schrill auf: „Stella hat mir das mal erzählt."
Die Jugendlichen schwiegen eine Weile vor sich hin.
Dann gähnte Sophia auf einmal und blickte auf ihre Uhr: „Ich muss unbedingt nach Hause", sagte sie erschrocken.
„Ich begleite dich wieder. Oder nein, ich weiß etwas Besseres. Wir gehen zu mir und ich leih dir mein Fahrrad. Dann bist du schneller."
Sophia nickte und die beiden gingen eilig über den Schlosspark, am Ernestinum vorbei und bogen in die Straße, die sie zur Augustinerkirche führte. Dann standen sie auch schon vor Ernsts Haus und der Junge sperrte das Schloss seines Fahrrades auf.
„Da, du kannst es mir ja morgen vorbeibringen. Oder sollen wir uns irgendwo treffen?", fragte er.
„Ich schreib dir eine SMS. Am Morgen muss ich mit meiner Mutter einkaufen gehen. Sicher möchte sie mit Papa und mir den Umzug sehen, doch danach habe ich Zeit."
Zum Abschied küsste Ernst Sophia auf die Stirn, dann stieg sie aufs Fahrrad und war im Nu verschwunden.

Ernst fühlte sich leer und öd. „Was ist bloß mit mir los?", fragte er sich. Doch dann wandte er sich um und betrat das Haus, in dem er wohnte. Leise bewegte er sich in der Wohnung, schlich in die Küche, öffnete den Kühlschrank und entnahm ihm einen Behälter mit seinem Lieblingsquark. Neben der Spüle stehend, aß er den ganzen Inhalt. Dann ging er noch kurz ins Bad und schlief, sobald er sich in seinem Zimmer aufs Bett gelegt hatte, ein.

Samstag: Himmlische Sterne

Licht

Als Ernst am nächsten Morgen aufwachte, staunte er, dass er offenbar wieder in seinen Kleidern geschlafen hatte. Er stand auf und ging ins Bad, um zu duschen. Später begab er sich in die Küche, wo seine Mutter Zeitung lesend am Tisch saß und Kaffee trank.
„Guten Morgen, Ernst", sagte sie heiter.
„Hallo", brachte er knapp heraus.
„War's schön, gestern Abend?"
„Ja", war alles, was er sagen mochte. Der Junge holte eine Tasse aus dem Schrank und goss sich aus der Kaffeemaschine etwas vom schwarzen Getränk ein, fügte Zucker und viel Milch hinzu. In der entsprechenden Schublade suchte er ein Löffelchen heraus und rührte, als er sich auf einen Küchenstuhl gesetzt hatte, gedankenverloren in der Tasse herum.
Victoria blätterte in der Zeitung.
„Mama?" fragte Ernst.
„Hm?", kam als Antwort hinter der Zeitung zurück.
„Wer war mein Vater?"
„Ach nein, Ernst, nicht schon wieder!"
„Findest du nicht, dass ich ein Recht darauf habe, zu erfahren, wer mein Erzeuger ist?"
„Du kennst meine Einstellung. Dein Vater hat sich Zeit seines und deines Lebens nie um dich gekümmert. Er hat – und dafür wollen wir dankbar sein – seinen Beitrag zu deiner Entstehung geleistet. Das ist aber auch alles."
Ernsts Gesicht war gerötet, als er gepresst sagte: „Ich will es wissen."
Victoria wich zurück und ließ die Zeitung auf den Küchentisch sinken. „So kenne ich dich gar nicht!", meinte sie.

„In zwei Jahren werde ich volljährig. Dann wirst du mich nicht mehr davon abhalten können, zu erfahren, wer mein Vater ist."
Victoria schwieg.
„Bitte", sagte Ernst, wobei es mehr nach einem Befehl als nach einer Bitte klang.
Victoria räusperte sich, dann sagte sie: „Ich habe all die Jahre nichts erzählt, weil dein Vater wirklich keine Bedeutung in unserem Leben hatte."
„Aber immerhin hast du mit ihm geschlafen. Sonst wäre ich ja jetzt nicht hier. So wie ich dich kenne, kann ich nicht glauben, dass er dir nichts bedeutet hat."
Der Junge errötete, als er auf diese Weise mit seiner Mutter sprach.
„Hör zu, Ernst, er war wirklich ein unbrauch..."
„Nein", unterbrach Ernst sie, „ich lass mich nicht mehr mit Ausreden abspeisen. Weich mir nicht wieder aus. Jetzt ist Schluss mit den Märchen und mit den Sprüchen über die unbrauchbaren Kerle."
„Das ist kein Märchen!", schrie Victoria und wurde rot im Gesicht. „Dein Vater ist wirklich ein unbrauchbarer Kerl."
„Wer ist er?", insistierte Ernst und sein Ton wurde finster.
„Gustl", entfuhr es seiner Mutter und im gleichen Moment deckte sie ihre Lippen mit der linken Hand zu, als wolle sie die fünf Buchstaben, die sie eben ausgesprochen hatte, wieder zurück in ihren Mund pressen.
„Was?", schrie Ernst, „Wer?"
Victoria schluckte leer, doch ihr war klar, dass es jetzt kein Zurück mehr gab. Sie hatte den Namen ausgesprochen. Auch wenn ihr Sohn sie nicht auf Anhieb verstanden hatte, schweigen konnte sie nicht mehr.
„Das war so ein Augenblick in meinem Leben", sagte sie fast flüsternd, „ein Wendepunkt."
Victoria war alles andere als froh darüber, das Geheimnis gelüftet zu haben. Dennoch fühlte sie sich nach all den Jahren, in denen sie geschwiegen hatte, erleichtert, dass die Wahrheit

ausgesprochen war. Deshalb riss sie sich zusammen und wiederholte, diesmal laut und deutlich: „Gustl."
Ernst blickte seine Mutter ungläubig an: „Gustl?", fragte er enttäuscht. Nach einer Weile sagte er noch: „Was ist denn das für ein Name?"
„Ernst, was soll das? Passt dir jetzt der Name deines Vaters nicht? Was für einen hätten Sie denn gerne gehabt?", fragte sie spitz.
„Ach, nein, entschuldige. Aber ich hatte mir...", stotterte Ernst vor sich hin.
„Du hattest dir etwas Nobleres vorgestellt?", fragte Victoria und ihre Stimme klang jetzt fast verständnisvoll.
„Irgendwie schon", Ernst errötete.
Mutter und Sohn schwiegen vor sich hin, dann fragte Ernst: „Wie war er so? Wo hast du ihn kennen gelernt? Warum ging es auseinander? War er sportlich?", sprudelte es nur so aus dem Jungen heraus.
Victoria blickte ihren Sohn zärtlich an und meinte: „Langsam, Ernst, eines nach dem anderen."
Sie räusperte sich und begann dann zu erzählen: „Deinen Vater habe ich kennen gelernt, da war ich noch ein kleines Kind. Stell dir vor, wir spielten schon im Sandkasten zusammen."
„Echt?", unterbrach Ernst sie.
Victoria nickte. „Ich war ein Einzelkind und Gustl war wohl so etwas wie ein Bruder für mich. Wir wohnten beide in der Waschgasse. Da auch er ein Einzelkind einer alleinerziehenden Mutter war, verbrachten wir viel Zeit zusammen. Wir spielten im Schlosspark, gingen im Sommer zusammen ins Freibad und rodelten im Winter, wenn Schnee lag. Alle im Quartier sagten: „Ach, schaut euch die beiden an, die werden bestimmt einmal heiraten!", doch so weit kam es nie."
Ernst wollte wissen: „Was kam denn dazwischen?"
„Erst die Schule und dann das Studium. Ich besuchte das Arnoldigymnasium, er ging ins Ernestinum. Dann zog seine

Mutter nach Siebleben und wir sahen uns kaum mehr. Später bin ich nach Erfurt studieren gegangen und er nach Leipzig. Wir verloren uns aus den Augen."

Als Victoria länger schwieg, fragte Ernst: „Aber dann müsst ihr euch wieder getroffen haben! Schließlich bin ich ja geboren!"

Victoria schluckte leer: „Ja. Kurz vor dem Ende meines Studiums trafen wir uns eines Tages, es war im November, in der Querstraße. Ich war über das Wochenende in Gotha, um Stella zu besuchen. Während ich Brötchen für das Abendessen holen ging, traf ich Gustl, der in Siebleben zu Besuch war. Du wirst es nicht glauben, doch ich ging die Straße hinunter, blickte auf den Boden und dachte an ihn. Als ich aufschaute, stand er vor dem Haus mit dem schönen Merkur. Ich hatte ihn erst so spät gesehen und erkannt, weil ich dermaßen in Gedanken versunken war. Das passierte mir früher immer wieder. Ich blickte also auf und sah ihn vor dem wunderbaren Haus. Er schaute verträumt zur Fassade hoch. „Der Götterbote", sagte ich wie eine dumme Gans leise vor mich hin. Im gleichen Augenblick schaute er zur Seite und erkannte mich."

„Ja, und dann?", Ernst konnte nicht warten, zu erfahren, was dann geschehen war.

„Wir umarmten uns, ohne ein Wort zu sagen. Ich weiß noch, dass ich ihn nur mit einem Arm halten konnte, weil ich in der rechten Hand noch eine Einkaufstasche trug. Irgendwann stellte ich sie auf den Boden und wir küssten uns. In den ersten Minuten sprachen wir kein Wort. An jenem Abend verabredeten wir uns beim Tempel. Dort hatten wir uns schon früher immer getroffen."

„Beim Tempel?", fragte Ernst ungläubig.

Victoria lachte: „Ja. Es war bitter kalt, doch wir merkten es kaum. Gustl hatte zwei Decken dabei. Die eine legte er auf den Boden..", Victoria errötete. „Das sollte ich dir wohl nicht alles erzählen", meinte sie beschämt, „schließlich bist du mein Sohn."

Doch Ernst beschäftigte etwas anderes: „Von welchem Tempel sprichst du?"
„Vom Müller-Tempel, der auf dem Galberg", sagte Victoria.
„Nein!", schrie Ernst beinahe und erbleichte.
„Was ist denn?", fragte Victoria arglos.
„Ach, nichts", sagte der Junge und zwang sich, ruhig zu bleiben. Er war im Müller-Tempel gezeugt worden, dort, wo er und Sophia sich trafen, dort, wo Ernesto und Stella sich immer wieder verabredet hatten. Ernst wurde schwindlig und er war froh, dass er auf dem Küchenstuhl saß.
„Erzähl weiter, Mama, bitte", sagte der Junge nach einer Weile.
„Ich war bloß über das Wochenende nach Hause gekommen, denn ich wohnte bei einer wohlhabenden Familie in Erfurt. Dort hatte ich ein Zimmer und ich konnte bei ihnen auch essen. Dafür musste ich den Haushalt führen. Dazwischen ging ich in die Vorlesungen. Deshalb blieb ich nur ein Wochenende in Gotha. Am Sonntag musste ich an die Arbeit und zum Studium nach Erfurt zurück."
„Und dann? Habt ihr euch weiterhin gesehen?"
Victorias Gesicht verdüsterte sich: „Ach, weißt du...", begann sie, doch sie wurde vom Telefonklingeln unterbrochen.
„Gehst du hin?", fragte sie Ernst. Der Junge stand widerwillig, aber wortlos auf und begab sich ins Schlafzimmer seiner Mutter.
„Ernst", sagte er ärgerlich.
„Ich bin's", hörte er Sophia sagen, „hör zu: Wenn du willst können wir uns gleich nach dem Streitgespräch von St. Gothardus und dem Landgrafen treffen. Meine Eltern möchten nachher zusammen etwas essen gehen. Und sie wollen mich zum Glück nicht unbedingt dabei haben. Wahrscheinlich schwebt ihnen vor, auf ihre Hochzeit und das neue Glück anzustoßen."
Ernst sagte nur: „Gut."
„Schön", meinte Sophia.

„Wo treffen wir uns?" fragte Ernst.
Sophia schien nicht zu merken, dass Ernst in einer seltsamen Stimmung war.
„Beim Müller-Tempel?", fragte Sophia ahnungslos.
„Nein!", schrie Ernst aufgebracht.
„Ist ja gut, ist ja gut", besänftigte ihn Sophia, „sag mir einfach wo."
„Äh..., wie wäre es bei der alten Sternwarte? Nimm das Fahrrad mit, dann suchen wir uns einen ruhigen Ort."
Sophia zögerte nur kurz, meinte dann: „Ist gut. Ich fahre nach dem Streitgespräch hin", dann hatte sie auch schon aufgelegt.
Als Ernst wieder in die Küche kam, hatte seine Mutter das Geschirr in die Spülmaschine gestellt und sagte: „Du, ich muss mich schicken. Petra wartet schon auf mich. Wir gehen ins Fitness. Danach möchten wir uns den Umzug ansehen."
„Und was ist mit der Geschichte von Gustl?"
Victoria fing an zu lachen. Ernst fand, dass seine Mutter hysterisch wirkte.
„Was gibt es denn da zu lachen?", wollte der Junge wissen.
„Entschuldige, Ernst. Mir kam gerade ‚Leutnant Gustl' von Schnitzler in den Sinn."
Ernst überlegte, ob seine Mutter übergeschnappt war.
„Ich muss jetzt wirklich gehen, aber ich verspreche dir, dass ich dir morgen alles Weitere erzähle." Ohne auf eine Antwort zu warten, verließ Victoria die Küche.
Ernst ging ihr hinterher, redete auf seine Mutter ein, brachte aber kein Wort mehr aus ihr heraus.
Victoria zog sich schnell die Schuhe an, fasste ihre Sporttasche und verließ die Wohnung mit den Worten: „Ich komme heute spät nach Hause, tschüss!"
Ernst ging in sein Zimmer und warf sich aufs Bett. Er blickte zur Decke und stöhnte: „Frauen!"
Nicht zum ersten Mal überlegte der Junge, dass weibliche Wesen in seinem Leben eine zu große Rolle spielten. Schließlich war

er von seiner Mutter und seiner Oma großgezogen worden, zwei Frauen. Außerdem fehlte an allen Ecken und Enden ein Mann. Weder hatte er je erlebt, dass Stella eine Beziehung gehabt hatte, noch wusste er, ob seine Mutter sich mit einem Mann traf. Dieser Gedanke, ließ ihn aufschrecken.
„Das ist doch nicht normal!", flüsterte er.
Doch er entspannte sich gleich wieder. Wahrscheinlich hatten sowohl seine Großmutter als auch Victoria „ihre Geschichten" erlebt, wie Ernst eine mögliche Beziehung seiner direkten Verwandten verschämt titulierte. Er wusste bloß nichts darüber.
„Aber warum?", fragte sich der Junge.
Konnte es sein, dass die Frauen, die bisher seinen Alltag belebt hatten, ihn schützen wollten? Aber wovor? Der Junge konnte sich keinen Reim darauf bilden.
Ernst blickte auf die Uhr und stellte fest, dass bald zwei Uhr war. Wenn er den Umzug miterleben wollte, dann musste er jetzt zum Hauptmarkt eilen.

Unerwartetes
Kurze Zeit später ging der Junge die Jüdenstraße hinunter und erreichte den oberen Hauptmarkt. Er schlenderte bei der Pferdetränke mit den Löwenköpfen vorbei und musste an das unangenehme Gespräch mit Irina denken. Dann eilte er zur Mitte des Wasserspiels und suchte einen freien Platz, von dem aus er dem Umzug gut folgen konnte.
Es wimmelte nur so von Menschen, die erwartungsvoll auf die Straße blickten, als erwarteten sie einen König. Ernst setzte sich auf eine Brüstung der Wasserkunst und blickte verträumt auf den Hauptmarkt und auf das Rathaus.
Er liebte den oberen Hauptmarkt, diesen Platz mit dem wunderbar rötlichen Gebäude in der Mitte. Deshalb schaute er zum Turm empor und zu den vier weiblichen Statuen, von denen er von dort, wo er saß, nur zwei sehen konnte. Er hatte viele Leute gefragt, natürlich auch Stella, doch niemand hatte ihm sagen können, wen die vier Frauen darstellten. So hatte Ernst überlegt, dass es sich vielleicht um vier engelartige Geschöpfe handelte, die den vier Himmelsrichtungen entsprachen. Die eine auf der linken Seite erinnerte ihn immer an Sophia. Sie hatte einen ähnlichen Gesichtsausdruck. Ernst ging es durch den Kopf, dass die vier Frauen möglicherweise Sophia, Stella, Victoria und Irina darstellten, die vier Frauen, die sein Leben prägten. Entsetzt über seine eigenen Gedanken schüttelte er den Kopf.
Ein Duft nach Thüringer Bratwürsten drang in seine Nase. Auf dem Platz befanden sich zahlreiche Stände, die alles Mögliche verkauften: Drinks, Bier, Würste, Brote, Brezel. Obwohl er noch nichts gegessen hatte, regte der Wurstduft seinen Appetit nicht an. Zu sehr gingen ihm die Worte seiner Mutter nach.
„Gustl", sagte der Junge laut vor sich hin, „mein Vater heißt Gustl."
Eine Frau, die neben ihm saß, schaute ihn misstrauisch von der Seite an. Fast hätte er laut losgelacht, doch dann wandte

er sich ab. Er hatte einfach diesen Satz aussprechen wollen. Als er klein war, hatte er seine Klassenkameraden beneidet. Wenn die Klassenlehrerin die Liste der Schulkinder heruntergelesen hatte, musste man manchmal den Vornamen und Nachnamen der Eltern nennen. Jeder, auch der dümmste Junge in der Klasse, hatte mit Selbstverständlichkeit die Namen der Mutter und des Vaters heruntergeleiert. Jeder konnte das, nur er war lediglich in der Lage gewesen, Victorias Name zu nennen. Wie hatte er sich doch jeweils geschämt. Und nun konnte er sagen: „Mein Vater heißt Gustl."
Auf einmal fing sein Herz an zu rasen. Warum war er bloß so unachtsam gewesen! Er hatte vergessen, seine Mutter zu fragen, wie denn sein Vater mit Nachnamen hieß. Schließlich trug Ernst den Familiennamen seiner Mutter, da Victoria bei seiner Geburt keinen Vater des Kindes angegeben hatte. Der Junge fühlte sich, als wäre er zum zweiten Mal vaterlos geworden. Tränen der Wut liefen ihm die Wangen herunter und die Frau neben ihm fragte ihn besorgt: „Alles in Ordnung?"
„Alles bestens", log er.
Die Dame schüttelte den Kopf, schwieg jedoch. Möglich, dass es auch daran lag, dass in jenem Moment Geräusche ertönten, die von der Augustinerstraße zu kommen schienen. Und einen Moment später johlte die Menge, weil die ersten Umzugswagen erschienen.
Wie im Traum schaute Ernst den verschiedenen Wagen und Menschen zu, die unter ihm hindurch liefen oder fuhren. Es hatte das Gefühl, als sei Fastnacht, nur dass es wärmer war. Dann dachte er, das ganze Leben ziehe da unten wie ein Fluss an ihm vorbei: lachende Menschen, in allen Farben gekleidet, Handwerker, Tänzerinnen, Galletti, das Gothaer Liebespaar. Der Junge saß auf der Brüstung inmitten unzähliger Menschen und war doch nicht anwesend, fühlte sich einsam. „Das ist nur meine Hülle", flüsterte er auf einmal vor sich hin.
Später sagte er noch: „Wer bin ich?"

Er spürte, wie die Frau neben ihm ihn besorgt musterte. Gerne hätte er ihr gesagt, dass alles in Ordnung war. Doch ihm fehlte die Kraft dazu. Außerdem entsprach es nicht der Wahrheit, denn gar nichts war, wie es schien oder wie es seiner Meinung nach hätte sein sollen. Und immer war da ein stechender Schmerz in seiner Brust, wenn er sich fragte, wer er war.

Unterhalb fuhren weitere Umzugswagen der Straße entlang: Boote mit Kapitänen und Ruderern, ganze Wälder mit Wichteln, Fleischer mit Würsten, Bierstände mit hübschen Damen, die das Getränk an die Zuschauer verteilten. Wie im Traum spielte sich unter ihm die ganze Welt ab, von welcher der Junge kaum etwas mitbekam.

Ernst kam erst wieder zu sich, als eine Kutsche anhielt. St. Gothardus stieg in seinem traditionellen Kostüm aus. Er hielt sich an seinem goldenen Stab und ging, begleitet von weiteren Figuren, unter anderen dem Landgrafen, die Treppe hoch zum oberen Brunnen. Es schien, als ob jener heilige Mann, der für die drei Festtage aus dem Jenseits nach Gotha gekommen war, Mühe hätte, den kurzen Weg zu gehen.

„Stella, warum kommst nicht auch du zurück?", flüsterte Ernst und errötete.

Doch dann, endlich, war der Herr mit der großen Kopfbedeckung oben angekommen. Er begab sich zur Brüstung und richtete das Wort an die Menge. Was er erzählte, hatte Ernst, seit er ein Kind war, Jahr für Jahr gehört. Und doch hätte er sich nicht vorstellen können, diesen Augenblick zu verpassen. Dazu kam, dass ihn das Streitgespräch mit dem Landgrafen interessierte. Und so waren die nächsten zehn Minuten eine willkommene Pause für den Jungen, weil ihn die Worte der Männer von seinen eigenen Gedanken befreiten.

Dann war der große Moment gekommen: St. Gothardus nahm die vier Krüge von den Nymphen der Quellen aus den vier Himmelsrichtungen entgegen und schüttete den Inhalt in den Brunnen unter ihm. Ernst lächelte, als er die Nervosität der

Kinder sah, die in Kostümen verkleidet, die auswendig gelernten Reime vor dem mit Menschen gefüllten Platz aufsagen mussten. Viermal sprach Gothardus die Worte aus Goethes „Zauberlehrling":

> *Walle! Walle*
> *Manche Strecke,*
> *Dass, zum Zwecke,*
> *Wasser fließe,*
> *Und mit reichem, vollem Schwalle*
> *Zu dem Bade sich ergieße.*

Am Schluss klatschten alle, als Gothardus das Wunder vollbracht hatte, und das Wasser zu fließen begann.
Ernst senkte den Blick. Dann sah er sie: Sophia, ihr Vater und Irina. Wie die heilige Familie schauten sie aus: Josef, Maria und das Christkind. Nur, dass es sich bei letzterem um Sophia, um eine beinahe erwachsene Frau, handelte. Als er ihr Gesicht genauer betrachtete, sah er, dass sie unglücklich wirkte. Irina redete aufgebracht auf sie ein, doch Sophia wandte sich von ihr ab und schaute zu Boden. Der Vater dagegen versuchte offenbar Irina zu besänftigen, indem er ihr mit der Hand über die Schultern fuhr. Was war das für ein Familiendrama, das sich da vor Ernsts Augen abspielte?
Auf einmal blickte Sophia ihre Mutter wütend an und sagte etwas, worauf diese ihr eine Ohrfeige verpasste. Sophia hob ihre Rechte an ihre Wange, schaute Irina entsetzt an, sagte noch etwas, wandte sich ab und rannte über den Platz. Da er noch immer mit Menschen überfüllt war, stieß sie ständig gegen fremde Leute, bis sie ihre Hände und Arme einsetzte, um die Menge auf die Seite zu schieben. Sophia sah aus, als würde sie durch ein großes Kornfeld gehen und die Ähren, die ihr im Wege standen, mit den Händen teilen. Kurze Zeit später war sie aus Ernsts Blickwinkel verschwunden.

Der Junge nahm sein Mobiltelefon aus der Hosentasche und schickte Sophia eine SMS: „Treffen wir uns?"
Es vergingen keine zwei Minuten und er konnte die Antwort lesen: „Jetzt gleich. Auf unserer Wiese bei der Orangerie."
Der Junge kletterte von der Brüstung herunter und machte sich schnell auf den Weg.
Schon von weitem erblickte Ernst Sophia. Sie lag auf dem Rasenstück, auf dem sie bereits gestern Abend das Feuerwerk bestaunt hatten. Die Augen hielt sie geschlossen, denn am Himmel lachte die Sonne. Der Junge trat näher, setzte sich neben Sophia und streichelte ihren linken Arm.
Sie blinzelte und meinte bedrückt: „Ach, hallo."
„Wie geht es dir?", stellte Ernst ihr wieder die weiblichste aller ihm bekannten Fragen.
„Frag lieber nicht, meine Mutter hat mich geohrfeigt. Jetzt bin ich bald sechzehn und sie wagt es, mich zu schlagen. Ich habe ihr gesagt, dass ich sie umbringe, wenn sie das nochmals tut."
„Was ist denn passiert?"
„Ich hab bloß gesagt, ich würde mich wegen ihr und meinem Vater schämen."
Das wird deine Mutter getroffen haben", meinte Ernst.
„Tja, das hätte sie sich eben früher überlegen müssen, das mit dem Kind, mit dem Heiraten und so. Ich kann die beiden nicht ansehen, ohne wütend zu werden. Sie verhalten sich, als wären sie Teenager, die sich zum ersten Mal in ihrem Leben verliebt haben. Es ist grässlich."
Ernst nickte und schwieg. Er konnte Sophias Empfindungen nicht nachvollziehen. Doch ihm war klar, dass die Menschen unterschiedlich fühlten und reagierten. Außerdem: Was wusste er schon über Sophias Familienverhältnisse? Weil er Zeit seines Lebens mit Frauen verbracht hatte, war ihm klar, dass es in solchen Augenblicken sinnlos war, argumentieren zu wollen. Man konnte als Junge oder als Mann nur eines tun: nicken und schweigen.

„Lass uns einen weiteren Brief lesen, Ernst, das würde mich ablenken", flehte Sophia.

Der Junge fasste in seine Jackentasche und entnahm ihr den Bündel Briefe. Dann überlegte er kurz und zog ein Blatt aus einem Umschlag. „Magst du lesen?", fragte er Sophia.

Sie nickte, nahm das Schreiben aus seinen Händen und begann den Brief, der mit Paris, 14. Oktober 1960 datiert war, vorzulesen:

Liebe Stella, Stern an meinem unendlich weiten Himmel, letzte Woche habe ich erfahren, dass mein Bekannter wieder nach Dresden muss. Ich habe ihn gebeten, dir diesen Brief zukommen zu lassen. Hast du den Sternenstein gefunden? Ich frage mich immer wieder, ob deine Gedanken und Gefühle noch bei mir sind. Ständig denke ich an dich und weiß mit jedem Tag mehr, dass wir zusammen gehören. Was uns widerfahren ist, war kein Fehler, sondern Schicksal. Ich sagte dir ja bereits bei unserem ersten Treffen in Gotha, dass unsere Geschichte schon lange in den Sternen geschrieben stand.

Weißt du noch, wie du gemeint hast: „Das ist ja ein Zufall, dass wir beide an den Sternen interessiert sind und uns ausgerechnet so getroffen haben." Schon damals habe ich erwidert: „Es gibt keine Zufälle, Stella." Du hast nichts gesagt und dein Blick verriet mir, dass du am Überlegen warst. Wahrscheinlich hast du gespürt, dass es mir ernst war. Nun ist viel Zeit vergangen und meine Überzeugung ist nicht schwächer geworden – im Gegenteil. Umso wichtiger ist es mir, dass wir uns in Paris treffen, dass wir nochmals über uns reden können.

Falls du im November doch nicht kommen kannst, werde ich alles unternehmen, um nach Gotha zu reisen. Schließlich ist es für mich einfacher, in die DDR zu gelangen. Das Problem ist nur: Ich kann nicht bei dir leben. Was sollte ich dort arbeiten? Und ich könnte meine Tochter nicht mehr

*besuchen. Das würde mir das Herz brechen. Sie fehlt mir.
Stell dir vor: Ich habe sie seit April nicht mehr gesehen. Alle paar Wochen telefoniere ich nach Hause, doch nicht immer ist sie da. Es macht mich traurig, auf diese Weise von ihr getrennt zu sein.
Übrigens habe ich seit vorgestern ein großes Bett in meiner kleinen Wohnung. Zwar muss man sich jetzt fast den Wänden entlang bewegen, aber ich werde dich gut beherbergen können.
Meine Sehnsucht wächst von Tag zu Tag und ich lebe nur in der Erwartung deines Besuches. Für immer dein*

Ernesto

P.S.: Bitte geh in die Marienglashöhle und schau im Eingangsbereich auf die Worte, die ich dir in die Wand geritzt habe.

„Das ist wahre Liebe, Ernst", seufzte Sophia, „meinst du denn, dass wir das auch eines Tages erleben werden?"
„Ich weiß nicht...", begann Ernst, stockte dann, „ich weiß auch gar nicht, ob ich das überhaupt möchte."
„Wie meinst du das?"
„Mir scheint, Ernesto leidet."
Sophia überlegte kurz: „Stimmt. Aber das Gefühl muss doch unbeschreiblich schön sein. Stell dir vor: Wenn man solche Empfindungen für einen anderen Menschen haben kann... Außerdem wissen wir gar nicht, wie Stella die Beziehung erlebt hat. Es wäre schön, wenn wir auch ihre Briefe lesen könnten."
„Ja", meinte Ernst verträumt.
„Woran denkst du?", stellte Sophia wieder einmal die unsäglichste aller Frauenfragen.
Doch diesmal störte es ihn nicht sonderlich und er antwortete: „Ich überlege gerade, ob wir in die Höhle gehen sollen."

Sophia schaute Ernst in die Augen, dass ihm wieder ganz anders wurde: „Das ist eine gute Idee. Denn dort treffe ich meine Eltern bestimmt nicht."

Die Jugendlichen gingen durch das Eingangstor der Orangerie und nahmen auf der Hauptstraße die Waldbahn, die Straßenbahn Nummer 4. Zwar mussten sie eine Viertelstunde warten, doch das störte sie nicht. Sie standen nebeneinander und schwiegen, ein jeder in seine Gedanken versunken. Als die Bahn vor ihnen zum Stillstand kam, wachten sie aus ihren Tagträumen auf, stiegen ein, bezahlten den Fahrschein und setzten sich nebeneinander.

„Sophia?", fragte Ernst.

„Ja?"

„Ich muss dir noch etwas erzählen."

Sophia war gleich wach, weil der Satz die Neugierde, die ihre zweite Natur war, angestachelt hatte. Ernst erzählte ihr, was er von seiner Mutter am Vormittag erfahren hatte.

„Und du weißt nicht, wie Gustl zum Nachnamen heißt?"

„Wir wurden von deinem Anruf unterbrochen. Doch ich werde meine Mutter fragen, heute noch oder spätestens morgen."

„Und wo lebt er?"

„Keine Ahnung! Eigentlich weiß ich noch immer nichts über meinen Vater. Immerhin kenne ich jetzt seinen Namen. Der ist allerdings reichlich seltsam."

Sophia lachte: „Erinnert an ‚Leutnant Gustl von Schnitzler'."

„An wen bitte?", fragte Ernst, der den Titel bereits am Vormittag gehört hatte, ohne etwas damit verbinden zu können.

„Habt ihr den Text vom österreichischen Autor Schnitzler noch nicht durchgenommen?", fragte Sophia altklug.

„Offenbar nicht", erwiderte Ernst kurz angebunden.

„Es handelt sich um einen Leutnant, der aus einem banalen Grund meint, seine Ehre retten zu müssen und deshalb einen Mann hätte zum Duell auffordern müssen. Da er das verpasst hat, sollte er sich zur Rettung seiner Ehre das Leben

nehmen. Im Grunde genommen ist er ein Feigling. Daher verbringt er eine Nacht in Angst und Schrecken, läuft dabei durch Wien. Da das Buch im inneren Monolog geschrieben ist, kann man als Leser genau erfahren, was ihm durch den Kopf geht. So merkt man, dass er zwar vordergründig seine Ehre zu retten gewillt ist, indem er Selbstmord begehen möchte. In Wirklichkeit hat er aber nur Angst."
„Und dann?", fragte Ernst, den die Geschichte doch gepackt hatte.
„Am anderen Morgen erfährt Gustl, dass der Mann, mit dem er sich eigentlich hätte duellieren sollen, an einem Herzinfarkt gestorben ist. Er ist erleichtert, denn so ist seine Ehre gerettet, ohne dass er sein Leben aufs Spiel setzen musste."
Ernst schwieg. Durch seinen Kopf schwirrten die Ausdrücke „unbrauchbarer Kerl" und „Feigling", die Stella und seine Mutter immer wieder zu brauchen pflegten, wenn es um den Großvater oder um den Vater ging.
„Offenbar war mein Vater auch so", meinte er nach einiger Zeit.
„Du meinst, Stella und deine Mutter fanden, dass dein Vater auch so war. Doch das ist ja nur ihre Meinung. Das muss nicht unbedingt der Wahrheit entsprechen."
Ernst blickte Sophia bewundernd an.
Nach einiger Zeit erreichten die Jugendlichen Friedrichroda. Dort stiegen sie aus und gingen langsam einen Weg hoch, der sie zum Eingang der Marienglashöhle führte. Sie kauften sich Eintrittskarten und mussten nicht lange warten, bis eine Führung startete. Ernst und Sophia versuchten, sich am Schluss der Gruppe zu halten, denn sie wollten die Wände im Eingangsbereich betrachten. Das war nicht einfach, da viele Menschen dort im Laufe der Jahre ihre Namen und sonstige Bemerkungen eingeritzt hatten.
Sie waren beinahe in der Haupthöhle angelangt, als Sophia rief: „Ernst, komm her!"
Die Gruppe war bereits in die Höhle eingetreten und betrachteten einen künstlich beleuchteten Brunnen. Die Jugend-

lichen hörten, wie die Menschen „Ach!" und „Oh!" riefen. Offenbar war die Frau, welche die Gruppe führte, mit Erklärungen beschäftigt und vielleicht sogar von den Blitzlichtern der Fotoapparate abgelenkt. Sie schien nicht bemerkt zu haben, dass die beiden Jugendlichen fehlten. So konnten Sophia und Ernst unauffällig im Tunnel bleiben und die linke Wand absuchen.

„Schau her, Ernst", sagte Sophia, „da steht Ernesto. Darüber ist noch was. Kannst du es lesen?"

„Hm", meinte der Junge, „du hast Recht. Es könnte wirklich Ernesto heißen. Ich erkenne seine verschnörkelte Schrift."

„Was steht denn da?", fragte Sophia ungeduldig.

„Etwas mit E", erwiderte Ernst.

„E wie Ernesto?", wollte Sophia wissen.

„Nein, da steht E, dann ein R, warte, das könnte Erde heißen."

„Ja!", Sophia schrie beinahe vor Freude.

„Sch...", flüsterte Ernst, „ruhig, sonst hört uns die Frau und wir müssen weiter. Die denkt womöglich noch, wir würden da was einritzen."

„Ernst", meinte Sophia atemlos, „ich weiß es jetzt: Element Erde, dann ein Komma und dann noch Ernesto."

„Stimmt. Und darunter ist noch ein kleines Herz. Ob er das gezeichnet hat? Sieht ein bisschen kindlich aus."

„Hallo, kommt bitte vor!", hörten die Jugendlichen die Dame streng sagen und es war eindeutig ein Befehl, den die Frau ausgesprochen hatte, und keine Frage.

Sophia und Ernst gesellten sich schweigend wieder zur Gruppe, denn sie wollten Scherereien vermeiden. Außerdem hatten sie gefunden, wonach sie gesucht hatten.

Die übrige Führung verlief so, wie sie es kannten. Die obere Höhle war interessant, weil darin alte Geräte ausgestellt waren, die früher von den Bergmännern gebraucht worden waren. Gleichzeitig konnte man sich ein Bild davon machen, wie die Arbeit jener Menschen früher ausgesehen haben musste. Ernst mochte nicht an die Dunkelheit denken, die hier ohne elektrisches Licht geherrscht haben musste. Ihm lief es beim bloßen Gedanken daran kalt den Rücken hinunter. Am beeindruckensten jedoch empfand der Junge die Höhle im unteren Stockwerk.

Auf einmal wurde es Nacht. Die Dame, welche die Gruppe geführt hatte, musste das Licht ausgeschaltet haben. Kleine Strahlen der Taschenlampen einiger Touristen waren alles, was die Wände noch beleuchtete.

„Stella, das ist das Element Erde", entfuhr es Ernst.

„Wie meinst du das?", hörte der Junge Sophia fragen.

„Ach", flüsterte Ernst, um von den anderen Gruppenteilnehmern nicht gehört zu werden, „wir befinden uns hier mitten im Erdreich, im Element Erde."

„Du hast Recht. Aber vergiss das Licht nicht. Schau nur, wie schön die Steine in der Höhle glitzern."

„Ja, das könnte das Feuer sein. Hier kommen Feuer und Erde zusammen."

„Nicht nur: Da unten gibt es auch Wasser. Spürst du nicht, wie es uns auf den Kopf tropft? Und dort wächst Moos."

„Stimmt. Und Luft ist auch da."

„In der Höhle vereinen sich alle vier Elemente", sagte Sophia.

„Denkst du auch an Stella? Immer wieder hat sie darüber geredet."

„Ja, ich kann mich gut erinnern. Sie sagte manchmal ganz feierlich: ‚Denkt daran, die vier Elemente Wasser, Feuer, Erde und Luft ziehen sich an, kommen am Ende zusammen.' Mich schauderte oft, wenn sie so sprach. Sie sah dabei ganz entrückt in die Ferne."

„Du hast Recht, Sophia. Aber ich glaube nicht, dass sie verrückt oder entrückt war. Eher kam es mir so vor, als denke sie an etwas anderes. Vielleicht waren die vier Elemente für sie auch nur ein Symbol, das wir nicht begreifen. Schließlich liebte sie Wortspiele und Rätsel", sinnierte Ernst vor sich hin.

„Allerdings. Das muss auch Ernesto gewusst haben. Schließlich hat er seine Briefe immer mit einem besonderen Post Scriptum abgeschlossen", meinte Sophia altklug.
„Mit einem Was?", rief Ernst.
„Sch...", flüsterte Sophia, „Willst du, dass uns alle hören?"
„Natürlich nicht", sagte Ernst gereizt, fügte dann hinzu: „Jetzt sag schon. Was hat er geschrieben?"
„Na das PS, das Post Scriptum, nach dem Geschriebenen. Sag bloß, das habt ihr im Latein nicht durchgenommen."
Sophia ging Ernst jetzt wirklich auf die Nerven. Musste sie ständig herausstreichen, dass ihre Schule und ihre Lehrer klüger waren, dass sie mehr lernten und besser gebildet waren? Seiner Meinung nach stimmte das nicht. Er konnte sich jetzt nicht mehr zurückhalten und fauchte seine Freundin an: „Ihr wisst wohl alles besser, was?"
„Ach, Mensch, Ernst, sei doch nicht so", versuchte Sophia den Jungen zu beschwichtigen.
„Ihr lernt möglicherweise viel, doch wir begreifen mehr", antwortete der Junge bissig.
„Ist ja gut, Ernst. Tut mir leid", sagte Sophia noch, dann versanken beide in die Betrachtung der wunderbar glitzernden Höhlenwände.
Als die Jugendlichen eine Viertelstunde später aus dem Erdreich ans Licht traten, war es bereits nach sechs Uhr. Der Himmel war bedeckt und versprach nichts Gutes.
„Was hast du noch vor?", fragte Ernst.
„Ach, gar nichts. Nach Hause gehe ich auf keinen Fall. Ich frage meine Freundin Charlotte, ob ich bei ihr übernachten kann", antwortete sie.
„Und deine Eltern?", fragte Ernst besorgt.
„Was soll mit denen sein?", wollte Sophia wissen.
„Die werden sich Sorgen machen."
„Na sollen sie doch, das geschieht ihnen ganz recht. Schließlich braucht mich meine Mutter nicht zu schlagen."

„Sollen wir noch in die Stadt?", lenkte Ernst vom Thema ab.
„Ich würde lieber noch einen Brief lesen", meinte Sophia, schaute dabei Ernst flehend an.
„Einverstanden. Das Feuerwerk am Wasserspiel will ich aber nicht verpassen. Licht und Wasser vermengen sich dort mit schöner Musik", sagte Ernst verträumt.
„Gut. Dann lass uns einen Platz suchen, wo wir den Brief ungestört lesen können."
„Wie wäre es denn, wenn wir zu mir nach Hause gingen?", fragte Ernst.
„Wie wäre es denn, wenn wir in Stellas Wohnung gingen?", ahmte Sophia den Jungen nach.
„Ich weiß nicht...", Ernst ließ den Satz offen.
Unterdessen waren die Jugendlichen wieder bei der Waldbahn angekommen und sahen, dass die nächste Straßenbahn erst in einer halben Stunde fahren würde. Deshalb beschlossen sie, einen Teil der Strecke zu Fuß zu gehen. Beide liebten es, sich in der Natur aufzuhalten. Die Gegend um Gotha und in der Nähe des Thüringer Waldes war derart schön, dass es eine Augenweide war, im Frühling dort zu spazieren. Die Rapsfelder begannen zu blühen und zauberten die Sonne auch dann auf die Wiesen, wenn sie sich wie eben nicht am Himmel zeigen wollte.
„Ob Ernesto und Stella auch hier spazieren gegangen sind?", fragte Sophia plötzlich.
„Bestimmt. Ich könnte mir vorstellen, dass auch meine Mutter und Gustl hier herumgelaufen sind."
„Ist es nicht unglaublich? Da wandern wir durch eine Gegend, durch die unsere Vorfahren schon spaziert sind und in der sich auch unsere Kinder und Kindeskinder aufhalten werden. Das macht mir beinahe Angst. Ich fühle mich wie ein kleines Rädchen in einer langen Kette."
„Man muss die Dinge nur aus der Distanz betrachten, dann werden sie klein", sagte Ernst feierlich.

„Sprichst du wieder von den Sternen?", vergewisserte sich Sophia.
„Auch", Ernst dachte an die Rohrbachsternwarte. „Aus der Distanz ist alles klein und unbedeutend. Ich frage mich, was unser Dasein überhaupt soll. Stell dir vor", dabei blickte er zum Himmel hoch, „da oben gibt es Sterne, die wir nie sehen werden. Und was ist mit uns in einigen Jahren? Niemand wird sich an die kleinen Taten erinnern, die wir für so großartig halten. Und was tun wir? Wir haben das Gefühl unsere winzigen Sorgen könnten unser Leben füllen", Ernst schüttelte den Kopf, wobei er selber nicht hätte sagen können, worüber. Der Inhalt seiner Äußerung kam ihm jetzt verworren und nur bedingt logisch vor.
„Stimmt doch gar nicht. Denk dran: Auch ein kleines Rädchen ist in einem großen Motor wichtig. Fehlt das Kleine, dann bricht das Große zusammen. Wir sind zwar klein und haben nicht viel Einfluss, sind aber dennoch wichtig." Nach einer kurzen Weile fügte sie noch hinzu: „Macht das Sinn oder ist da ein logischer Fehler dabei?"
„Nein, Sophia, ich glaube, ich weiß, was du meinst. Wir sind zwar wichtig, aber dennoch als Individuen nicht so bedeutungsvoll, wie wir das gerne hätten."
Sophia nickte. Dann wanderten die beiden schweigend weiter, bis sie auf einmal die Waldbahn in ihrem Rücken hörten. Ernst wandte sich um und sagte:
„Nein! Die fährt uns weg. Wir sind noch zu weit von der nächsten Haltestelle entfernt."
„Macht nichts. Dann nehmen wir eben die nächste Bahn. Da vorne ist der Boxberg. Wir könnten ja in der Gaststätte etwas trinken gehen. Schließlich ist jetzt Gothardusfest. Ich habe gelesen, dass die Waldbahn die ganze Nacht hindurch fährt."
„Gute Idee. Ich habe nämlich langsam auch Hunger. Außerdem: Schau mal den Himmel an. Es wird bald regnen." Ernst hatte eben zu Ende gesprochen, da spürten sie die ersten Trop-

fen fallen. Zum Glück hielt sich der Regen noch eine Weile zurück und die beiden Jugendlichen konnten die Rennbahn erreichen, ohne durchnässt zu sein.

Ernst amüsierte sich immer wieder über den Name „Boxberg". Der Ort hatte seines Erachtens wenig mit einem richtigen Berg zu tun und das Wort „Box" verstand er auch bloß im Zusammenhang mit den Pferdeboxen. Denn wer oder was boxte dort sonst?

Bevor die Jugendlichen in die Gaststätte eintraten, kletterten sie auf die Zuschauertribüne vor der Rennbahn.

„Kannst du dir vorstellen, wie elegant die Damen waren, die früher hier saßen? Ich denke an lange, schöne Roben und an große, kunstvolle Hüte", sagte Sophia verträumt.

„Und die Herren begleiteten sie im dunklen Anzug mit einem Spazierstock und einem schönen Hut", ergänzte Ernst.

„Die eine Dame schaute durch ein zierliches Fernrohr", meinte Sophia und mimte eine elegante Pose.

„Und jener Herr würde seinen Blick auf dem Gesicht einer jungen Dame ruhen lassen, die er noch nie zuvor in seinen Kreisen gesehen hatte", beendete Ernst ihren Traum.

Die beiden schauten auf die Rennbahn und sahen, wie einige braune und schwarze Pferde auf dem schon recht lang gewachsenen Gras weideten.

„Das ist ein Paradies für die Tiere. Wenn man bedenkt, dass Pferde anderswo die meiste Zeit in kleinen Ställen verbringen müssen...", ließ Sophia ihren Satz offen in der Luft hängen.

Auf einmal fing es an, kräftig zu regnen.

„Lass uns in die Gaststätte gehen", sagte Sophia, die bereits die Hälfte der Tribünentreppen hinunter gehüpft war.

Ernst eilte ihr hinterher und die beiden erreichten die Gaststätte außer Atem. Während Sophia sich nur eine heiße Schokolade bestellte, trank Ernst eine Cola, aß eine Thüringer Bratwurst und bestellte sich dann noch einen großen Eisbecher.

Etwas später verließen die Jugendlichen die Gaststätte. Sie hatten Glück, denn es hatte aufgehört zu regnen, sodass sie trocken die Straßenbahnhaltestelle erreichten.

„Wir gehen zu Stella", sagte Ernst auf einmal. „Lass uns auf dem Weg dorthin an einer Bude Halt machen. Ich brauche noch etwas zu essen."

Stella lachte: „Hast du schon wieder Hunger?" fragte sie und schüttelte den Kopf.

Die Jugendlichen stiegen beim Bertha-von-Suttner-Platz aus und gingen über Brühl und durch die Marktstraße zum Neumarkt. Auf halbem Weg sagte Ernst:

„Schau, Sophia, das Tor ist offen."

Sophia blickte auf und sah, dass sie sich vor der Thalia Buchhandlung befanden. Das Gebäude liebte sie, denn es war aus Sandstein gebaut und hatte wunderbare Zeichnungen auf der Fassade. Einerseits ein großes Schiff. Sophia wusste, dass der Besitzer damals sein Geld mit dem Transport und Handel von Waren über die Meere verdient hatte. Auf der linken Seite des Gebäudes sah sie zwei Balkone. Auf dem Oberen waren Früchte abgebildet, auf dem Unteren Fische. Sophia bildete sich immer ein, dass das wohl die Waren gewesen sein mussten, mit denen der Besitzer sein Vermögen erwirtschaftet hatte.

„Hast du auf dem Hauptfriedhof sein Grab schon mal gesehen?", wollte Ernst auf einmal wissen, als er Sophias Blickrichtung sah.

„Nein", meinte Sophia.

„Dann musst du da mal hingehen. Du würdest den Grabstein sofort erkennen, denn dieses schöne Schiff ist auch dort verewigt."

„Wirklich?", fragte Sophia erstaunt.

„Klar, doch lass uns durch das Tor gehen, ich möchte dir den Kranich zeigen."

Sophia ging dem Freund hinterher durch eine Eisentüre. Tatsächlich konnte man an der linken Hauswand eine Hausmar-

ke erkennen, die jüngst renoviert worden war, denn die Farben waren leuchtend und die Zeichnung gut zu erkennen.
„Der ist aber schön. Ich kannte ihn gar nicht", staunte Sophia.
Ernst lächelte: „Stella hat ihn mir gezeigt. Sie meinte, dass oft die schönsten Dinge versteckt seien, aber nicht so sehr, dass man sie nicht sehen könne. ‚Man muss nur danach suchen und sie finden wollen. Halte stets die Augen offen und die übrigen Sinne wach.' Das waren ihre Worte."
Die beiden Jugendlichen spazierten die Marktstraße weiter, bis sie zum Neumarkt gelangen. Dort aßen sie an einem Stand eine Bratwurst.
„Wird dir nicht schlecht davon?", fragte Sophia mit frechem Unterton.
„Du isst ja auch eine", antwortete Ernst unbekümmert.
„Das ist auch meine Erste", erwiderte Sophia.
Mit der Bratwurst in ihren Händen spazierten die beiden Jugendlichen die Lutherstraße hinunter und erreichten die Sparkasse mit dem großen Bienenhaus.
„Das sieht doch aus wie das Bienenhaus auf unserer Schulfassade", Sophia sprach mit vollem Mund.
„Stimmt, nur seid ihr weniger fleißig, denn euer Bienenhaus ist ganz klein", neckte sie Ernst.
„Es ist klein, weil wir fleißig sind, Blödmann", erwiderte sie bissig.
„Hast du die Statuen auf der Fassade schon gesehen?", Ernst zeigte über das Portal der Bank, gleich unter dem Dach des Gebäudes.
„Huch! Nein, die habe ich ja noch gar nie bemerkt. Sie sind riesig", Sophia war beeindruckt.
Links und rechts ragten über dem Portal, und zwar fast in Dachhöhe, zwei Figuren in den Himmel, als seien sie aus zwei Säulen entsprungen. Auf der einen Seite konnte man eine Frau mit einer Haube auf dem Kopf erkennen, die eine Art Handtasche in ihrer Hand hielt.

„Die bringt sicher ihr Geld zur Bank. Und der Herr auf der anderen Seite wohl auch", sagte Sophia.
Ernst nickte.
„Ich finde es unheimlich", sinnierte Sophia und fügte dann hinzu, „jetzt wohne ich seit meiner Geburt hier in der Stadt und habe diese Figuren noch nie gesehen. Stell dir vor: Die beiden kennen mich bestens, schauen mir seit Jahren zu. Und ich? Ich habe von alledem keine Ahnung. Was meinst du, was mir in meiner eigenen Stadt sonst noch so alles entgangen ist?", fragte Sophia gequält.
„Ach, das ist normal", meinte Ernst, „das, was man ständig vor den Augen hat, sieht man einfach nicht mehr. Das hat mir Stella immer wieder gesagt. Es ginge im Leben darum, das Selbstverständliche, das Alltägliche immer wieder aufs Neue zu entdecken, als kenne man es nicht. Denn in der Tat sind wir uns über Vieles, was uns umgibt, nicht bewusst. Das gilt auch für all das, was wir in unserem Leben nicht sehen."
„Schau, Ernst, auch die Fassade dort ist wunderbar. Und da, auf der rechten Seite, sieh dir die schönen Bögen an."
Ernst lachte. So erging es einem eben, wenn man den Blick vom Boden des Alltages zu heben wagte, und in die Ferne oder gar in die Höhe blickte.
Unterdessen hatten die Jugendlichen wieder kehrt gemacht und waren die Querstraße hochgelaufen. Sie passierten das Haus mit dem „Friedenskuss". Ernst erblickte ihn zuerst und fasste Sophia am Unterarm, so dass sie stehen blieb. Sie sah ihn erstaunt an und er nutzte den Moment, um ihr einen Kuss auf die Lippen zu geben.
„Was ist denn mit dir los?", fragte Sophia und spielte dabei die Empörte. Doch an ihrem Lächeln konnte Ernst ablesen, dass sie es ganz anders empfunden hatte. Der Junge lachte nur und zeigte mit seinem rechten Daumen auf die Hausmarke.
„Witzbold", entwich es Sophia.

Friede

Wenige Schritte weiter standen sie bereits am Anfang der Waschgasse. Ernst wurde es ganz mulmig, doch er rief sich zur Ordnung und begann, die Treppen langsam, aber bestimmt, zu steigen.

„Da sind wir", sagte er nach einer Weile. Er kramte in seiner Jackentasche nach seinem Schlüsselbund. Eine Weile suchte er nach dem richtigen Schlüssel, dann steckte er ihn in die Türe und schloss auf.

„Magst du wirklich?", fragte Sophia.

„Nein", antwortete der Junge überzeugt, „aber es bringt nichts, wenn ich mich drücke. Irgendwann muss ich mich ohnehin aufraffen und wieder hierher kommen. Also kann ich es gerade so gut jetzt tun. Und mit dir ist es mir lieber als mit Victoria oder alleine."

Die beiden gingen die Treppenstufen empor und standen auch schon vor Stellas Türe. Man erkannte den Eingang sofort, da Stella fünf große, goldene Sterne aufgeklebt hatte. Ernst fand das reichlich kindisch. Seltsam, denn bis zum heutigen Tag hatte er die Sterne stets fasziniert angeblickt und sogar einmal seine Mutter gebeten, sie möge auch so etwas auf die Türe kleben. Victoria hatte ihn bloß groß angeschaut und den Kopf geschüttelt.

„Das hat Oma zu deiner Geburt angebracht, im Ernst", hatte ihm Victoria versichert. „Stell dir vor: Sie meinte, du würdest dann ihre Türe erkennen, noch bevor du lesen könntest. Und sie hatte wieder einmal Recht behalten. Du bist schon als Knirps einfach losgerannt, bis du vor der Türe mit den Sternen standest."

Ernst konnte sich erinnern, dass er selber jeweils gerufen hatte: „Ich bin zuerst bei den Sternen." Damals wusste er selbstverständlich noch nicht, dass die Sterne mit dem Name seiner Großmutter oder mit seinem eigenen zusammenhingen. Stella hatte dem Jungen immer wieder gesagt: „Fünf Sterne, Ernst. Für jeden Buchstaben deines Namens einen."

Einmal hatte Victoria gesagt: „Es ist an der Zeit, dass Oma die Sterne abnimmt. Das wirkt kindisch. Ich muss Stella bei Gelegenheit darauf ansprechen."
Entweder seine Mutter war nicht dazu gekommen oder Stella hatte wie so oft nicht auf ihre Tochter gehört. Jedenfalls klebten die fünf Sterne nach wie vor auf der Türe von Stella, obwohl sie unterdessen nicht mehr lebte.
Ernst öffnete die Haustüre und setzte sachte den ersten Schritt in die Wohnung, als erwarte er, dass gleich etwas Furchtbares geschehen würde. Wäre Stella erschienen? Hätte er seinen Fuß ins Leere gesetzt? Würde ihm auf einmal bewusst werden, dass er sich in der Tür geirrt hatte oder dass die Wohnung unterdessen bereits durch Nachmieter besetzt war? Was auch immer er sich vorgestellt haben mochte, nichts von alledem trat ein. Überhaupt geschah nichts, außer dass Sophia auf einmal sagte: „Ich habe Durst. Lass uns einen Tee kochen."
Möglich, dass dieses einfache Grundbedürfnis Ernst half, wieder Boden unter den Füßen zu bekommen. Der Junge drückte den Lichtschalter und nahm beherzt die wenigen Schritte, die ihn von der Küchentüre zu seiner Linken trennten. Ein Geruch von abgestandener Luft wehte ihm beim Betreten des Raumes entgegen und so öffnete er schnell das Fenster. Draußen war es bereits dunkel geworden.
„Ich schau mal nach, was deine Oma so für Teesorten hatte", sagte Sophia beschwingt. Dann öffnete sie einige Küchenschranktüren, bis sie fündig wurde.
„Was hätten Sie denn gerne?", fragte Sophia verschmitzt, fügte dann hinzu: „Da haben wir Hagenbutte, Kamille, Früchtewunder oder Wintertraum."
„Wintertraum", sagte Ernst auf Anhieb und musste leer schlucken, denn es handelte sich dabei um jene Sorte, die er bei seinem letzten Besuch bei Stella getrunken hatte.
Sophia goss frisches Wasser in den Kocher, suchte eine Teekanne, den entsprechenden Filter und gab Tee dazu. Als das

Wasser kurze Zeit später kochte, goss sie es in die Kanne und stellte den Behälter auf den Küchentisch. Ernst hatte unterdessen zwei große Tassen gefunden, die ein Sternenmotiv trugen.
„Stella", flüsterte Ernst.
„Sie war wirklich eine außergewöhnliche Frau", meinte Sophia, hörte sich dabei bedrückt an.
Sophia goss den Tee in die Tassen und vermied es, Ernst nach Zucker zu fragen, denn sie wusste, dass er das Getränk wie sie am liebsten herb genoss. Der Dampf stieg aus den Tassen und ein zarter Duft nach Mandeln tanzte in der Luft.
„Den hat sie geliebt. Er erinnerte sie an Marzipan", murmelte Ernst.
Sophia sagte nichts dazu, meinte aber wenig später:
„Komm, Ernst, lass uns einen Brief von Ernesto lesen. In dieser Umgebung passt es doch hervorragend."
Der Junge kramte wieder die alten Briefe aus seiner Jackentasche hervor. Dann suchte er die Umschläge durch, bis er den nächsten, der an der Reihe war, fand. Aus dem Kuvert holte er ein Blatt Papier hervor, faltete es auseinander und begann zu lesen:

Paris, 9. November 1961

Stella, einziger Stern an meinem schwarzen Himmel,
was mag geschehen sein? Mein Bekannter kam vor zwei
Tagen aus der DDR zurück, ohne einen Brief von dir mitzubringen. Offenbar hat er dich auch nicht angetroffen,
sondern mein Schreiben in deinen Briefkasten geworfen.
Nun sitze ich da und frage mich Tag und Nacht, ob du
wohl kommen wirst und wann, oder ob ich mir lieber keine Hoffnungen machen soll. Ich muss dich unbedingt sehen, koste es, was es wolle.
Zum Glück muss mein Bekannter diese Woche schon wieder
rüber, nach Dresden. Er wird dir meinen Brief bringen und

ich hoffe, dass du ihm dann eine Antwort überreichen wirst. Nächste Woche habe ich Geburtstag und ich bin schon beinahe überzeugt, dass du nicht zu mir kommen wirst. Aber halt: Ich will mich nicht länger mit solchen Gedanken plagen.
Hier geht der Alltag seinen Lauf. Es gibt keine Neuigkeiten zu berichten, denn meine Arbeit verläuft ruhig. Ein kleiner Lichtblick ist für mich, dass in anderthalb Monaten Weihnachtsferien sind. Endlich werde ich nach über einem halben Jahr wieder nach Bologna, nach Italien reisen können. Ich vermisse meine Tochter und bin überzeugt, dass ich sie kaum wiedererkennen werde. Sie wird sich entwickelt haben. Zwar weiß ich das, aber ich kann es mir dennoch nicht richtig vorstellen. Seit über einem Monat habe ich nichts mehr von ihr gehört. Auch Rosaria macht sich rar. Sie war die letzten beiden Male, als ich anrief, nicht zu sprechen. Vielleicht ist es ja besser so. Ich weiß, dass ich an Weihnachten mit ihr reden muss und gehe davon aus, dass auch sie bereits etwas ahnt. Was für ein Schlamassel! Hätte ich dich nicht getroffen, ich stünde nicht in dieser Situation. Hätte ich dich nicht getroffen, ich wüsste nichts über die Liebe. Dafür will ich dankbar sein.
Meine Einzige, lass mich bitte nicht warten und gib meinem Bekannten ein Schreiben mit. Beruhige mich und lass mich wissen, dass ich bald mit dir rechnen darf. Ich werde dir hier in Paris einen Ort zeigen, der dir das Gefühl geben wird, den Sternen näher zu sein.
Einzig dich liebend,

Dein Ernesto

P.S.: Grüße mir das wunderbare Gebäude der Gothaer Versicherung. Eine Absicherung, weder über das Leben noch gegen das Feuer, sondern nur für die Liebe ist das, was ich jetzt brauche.

„Das ist wahre Liebe", hauchte Sophia nicht zum ersten Mal nach der Lektüre eines Briefes von Ernesto. „Dass es Männer gibt, die einer Frau solches zu schreiben wissen", seufzte sie und blickte dabei Ernst in die Augen.

Der Junge fühlte sich unter Druck, als müsste auch er so schreiben, am besten natürlich an Sophia. Beim bloßen Gedanken daran errötete er. Deshalb räusperte er sich und meinte: „Sollen wir nicht auf den Hauptmarkt gehen, um uns das Feuerwerk anzuschauen?"

Sophia schüttelte den Kopf: „Es ist zu früh. Wir haben noch über eine Stunde Zeit. Lass uns lieber einen zweiten Brief lesen, dann wissen wir, ob Stella nach Paris gegangen ist."

Ernst meinte: „Wie wäre es, wenn wir uns stattdessen Stellas Arbeitszimmer vornähmen? Vielleicht finden wir dort etwas, das uns Auskunft über ihre Vergangenheit gibt."

Sophia nickte begeistert. Niemals hätte sie gedacht, dass Ernst das vorschlagen würde.

Die beiden Jugendlichen tranken noch einen Schluck Tee, dann standen sie auf und begaben sich ins Nebenzimmer, das Stella als ihr Arbeitszimmer benutzt hatte. Auch jener Raum war stickig und Sophia öffnete das Fenster auf die Waschgasse.

„Stell dir vor: In dieser kleinen Wohnung haben früher Stella und meine Mutter gelebt. Am Anfang hat meine Oma mit ihrem Vater hier gewohnt. Später ist er gestorben, doch dann war Victoria da. Stella hatte nur ihr Schlafzimmer für sich. Ihre Korrekturarbeiten für die Schule hat sie immer nachts am Küchentisch erledigt, wenn meine Mutter bereits schlief."

„Wie hat sie das nur durchgestanden?", sinnierte Sophia.

„Da blieb ihr wohl nichts anderes übrig. Und Ernesto wird sich ja auch aus dem Staub gemacht haben."

Schnell antwortete Sophia: „Warum sagst du das denn? Die Mauer kam und Stella wollte wohl hier nicht weggehen. Wieso hängst du Ernesto die ganze Verantwortung an?"

„Du hast dich wohl in den Schönschreiber verguckt?", fragte der Junge, fühlte Eifersucht in seinem Herzen aufkeimen und wurde wieder rot.
„Ach, Klappe, Mensch. Du verstehst ja rein gar nichts. Es geht nicht darum, ob ich mich verguckt habe, sondern nur um das, was damals geschehen ist. Irgendetwas muss dazwischen gekommen sein. Denn wenn ich Ernestos Worte richtig lese, muss deine Oma auch Feuer und Flamme für ihn gewesen sein."
„Woher willst ausgerechnet du das jetzt wissen?", fragte Ernst bissig.
„Ich gehe nur davon aus, weil kein Mann, den ich kenne, je einen solchen Brief verfassen würde, schon gar nicht für eine Frau, die seine Gefühle nicht erwidert."
„Wir benutzen heutzutage eben eine andere Sprache. Außerdem schreiben wir wohl eher eine SMS oder eine E-Mail. Da bleibt die Poesie etwas außen vor. Dafür geht die Kommunikation schneller", dozierte Ernst.
„Ja, ja, verstehe schon. Das sind doch bloß Ausreden. Heutzutage will sich eben keiner mehr die Zeit nehmen, um einen richtigen Brief zu verfassen. Dabei wäre man nämlich gezwungen, mehr nachzudenken. Was will ich schreiben? Wie soll ich mich ausdrücken? Schließlich kann man das, was man geschrieben hat, nicht durch einen schnellen Anruf berichtigen, falls der Empfänger etwas nicht oder falsch begriffen haben sollte."
Ernst überlegte eine Weile, dann meinte er: „Wir leben tatsächlich in einer schnelllebigen Zeit. Deshalb braucht sie aber nicht gleich ohne Tiefgang zu sein. Schließlich bin auch ich Teil dieser Epoche, aber deshalb halte ich mich noch lange nicht für oberflächlich."
„Ich bin sicher, dass Stella Ernesto auch geliebt hat. Niemals würde ein Mann solche Worte schreiben, wenn er nicht durch entsprechende Sätze von seiner Geliebten bestärkt wird."

Ernst mochte es zwar nicht, dennoch musste er Sophia insgeheim Recht geben. Er beschränkte sich darauf, zu nicken. Die beiden Jugendlichen schauten sich in Stellas Arbeitszimmer um. Ein großer, massiger Holzschreibtisch thronte in der Mitte des Zimmers. An der linken Wand stand das schwarze Klavier, auf dem Ernsts Großmutter gerne gespielt hatte. Einige Notenblätter lagen noch verlassen auf der Halterung. Sie lehnten welk am Klavierkasten. Links und rechts davon blickten zwei Kerzenständer aus der Klavierwand. Früher, als das elektrische Licht noch ein Traum vereinzelter Exzentriker gewesen war, konnte man nachts nur im Kerzenlicht spielen. Auf dem Instrument lagen unordentlich Notenbücher und -blätter herum.

„Stella war Zeit ihres Lebens eine Chaotin gewesen. Und doch hat sie Wichtiges niemals vergessen. Wenn ich ein Buch von ihr brauchte: Ein Blick auf ihr Bücherregal reichte, und sie konnte zielsicher den richtigen Titel finden. Keine Ahnung, wie sie das anstellte, denn die Werke waren nicht alphabetisch geordnet."

Sophia wandte sich zur rechten Seite des Zimmers und blickte auf das wuchtige Büchergestell. Da standen senkrecht und lagen waagrecht Unmengen von Büchern. Einzelne Blätter blickten aus dicken Wälzern hervor, als würde ein durstiges Tier seine Zunge herausstrecken.

„Was für ein Chaos und doch: was für ein Leben!", staunte Sophia, die in ihrem eigenen Zimmer peinlich Ordnung hielt und bereits beim kleinsten Durcheinander in Panik verfiel, den Überblick zu verlieren.

„So war sie eben", seufzte Ernst und öffnete einzelne Schubladen des Schreibtisches seiner Oma. Auf einmal stutzte er: „Sophia, schau mal."

„Was ist?", fragte Sophia hellwach, denn sie hatte aus Ernsts Stimme einen besonderen Tonfall herausgehört.

„Das ist doch der Eifelturm", sagte der Junge und hob ein kleines, kitschiges Türmchen aus der obersten, linken Schublade hervor.

„Tatsächlich", Sophia blickte starr auf das Souvenir, „sie war dort, glaub mir, sie war dort."
„Möglich", meinte Ernst, „wir werden das aus den restlichen zwei Briefen hoffentlich noch erfahren."
„Was?", fragte Sophia erschrocken, „Da gibt es nur noch zwei?" Ernst schluckte leer, meinte dann: „Ich werde nicht mehr viel über mich und meinen Erzeuger erfahren."
„Ach, lass gut sein, Ernst. Du wirst das doch von deiner Mutter zu hören bekommen. Sie ist auf dem besten Weg dazu, dich aufzuklären. Hab Geduld bis morgen, dann wirst du mehr wissen. Unterdessen können wir versuchen, etwas über Victoria zu erfahren."
Ernst zweifelte daran, mochte seine Gedanken aber Sophia nicht mitteilen. Deshalb wandte er sich wieder der Aufgabe zu, die Schubladen von Stellas Schreibtisch zu untersuchen. Da waren Notizen, Briefe von Versicherungen, Abrechnungen einer Bank, Postkarten aus allen Herren Länder, die sie in den letzten Jahren bekommen hatte, Lippenbalsam, eine Tüte Kaugummi.
„Was für ein Chaos", entfuhr es Sophia wieder.
Ernst wollte der Freundin böse in die Augen blicken, doch Sophia hatte den Kopf über die Schublade gebeugt und alles, was der Junge sehen konnte, waren ihre lockigen Haare. Einzelne Strähnen kringelten sich um einen unsichtbaren Kolben in der Mitte. „Du siehst aus wie ein Engel", entfuhr es dem Jungen. „Was?", fragte Sophia und blickte hoch, Ernst direkt in die Augen.
„Och, nichts", beeilte Ernst sich zu sagen. Weil ihn aber Sophia streng anschaute, fügte er noch hinzu: „Deine Haare sind wunderschön."
Das Lächeln, mit dem Sophia ihn belohnte, ließ ihn vergessen, dass sich seine Wangen wieder gerötet hatten.
Die beiden Jugendlichen schauten sich noch eine Weile lang im Arbeitszimmer um, blickten auf herumliegende Blätter, hoben einzelne Gegenstände hoch, schauten sich das Bücher-

regal an. Dann war es Sophia, die Ernst auf etwas aufmerksam machte: „Schau her, Ernst", sagte sie aufgeregt.
Der Junge ging die zwei Schritte, die ihn von Sophia trennten, auf sie zu und blickte auf die Bücher, auf die das Mädchen hindeutete.
„Stella von Goethe!", entfuhr es Ernst.
„Genau, und zwar in allen möglichen Ausgaben", sagte Sophia und holte die Bände heraus, die im Bücherregal, unten links, standen. „Schau, Ernst, es handelt sich um die unterschiedlichen Fassungen, von denen deine Mutter dir berichtet hat."
Ernst nahm ihr ein Buch aus den Händen und blätterte darin herum. Stella hatte auf fast allen Seiten Bemerkungen hingekritzelt. Die Aufzeichnungen hatte sie für sich notiert, denn sie waren kaum lesbar.
„Was da wohl alles steht?", fragte Sophia.
„Hier ist etwas Interessantes: schau, Sophia!", und der Ton des Jungen hatte etwas von einem Befehl.
„Ich glaube es nicht!", entfuhr es Sophia.
Auf der Innenseite des Deckels hatte Stella den Namen Mina hingeschrieben. Das hätte Ernst nicht verblüfft, doch ihm stockte der Atem, als er den Vornamen las, der vor Mina stand.
„Victoria", flüsterte Sophia, als wolle sie es vermeiden, von jemandem gehört zu werden.
„Dann stimmt es also doch!", war alles, was Ernst noch sagen konnte.
Sophia nickte nur. Erst nach einer Weile sagte sie: „Stell dir vor, Ernst, dein Opa war ein Italiener. Ist das nicht aufregend? Deine Vorfahren lebten in Bologna, sprachen italienisch und gehörten einer anderen Kultur an."
„Ich weiß nicht, ob ich das spannend finden soll. Eigentlich war mir mein Großvater, wie ich ihn mir vorgestellt hatte, ganz recht."
„Vergiss es, Ernst. Der war doch ein unbrauchbarer Kerl", sagte Sophia und hielt sich sogleich den noch offenen Mund

mit ihrer rechten Hand zu. „Tut mir leid", fügte sie gleich darauf kleinlaut hinzu.

„Ist ja gut. Ich könnte dir auch sagen, du sollst dich über den Nachwuchs deiner Eltern freuen!"

„Das war nicht fair von mir, stimmt. Aber ich finde es trotzdem ganz schön aufregend." Dann meinte sie noch: „Nur eines verstehe ich nicht ganz."

„Was denn noch?", wollte Ernst wissen.

„Ich verstehe nicht, wie Ernesto so gut Deutsch sprechen konnte, wenn er Italiener war. Er weilte ja auch nicht so lange in Gotha, um die Sprache derart gut zu lernen. Da muss noch etwas sein, das wir nicht wissen", sinnierte Sophia vor sich hin.

„Seine Mutter stammte doch aus Gotha", sagte Ernst, sie wird Deutsch mit ihm gesprochen haben."

„Stimmt, aber er musste dennoch ganz schön sprachbegabt sein. So wie er die Briefe verfasst hat…", ließ Sophia den Satz offen.

Ernst versank in den eigenen Gedanken. Doch dann blickte er auf seine Uhr und sagte: „Lass uns zum oberen Hauptmarkt gehen."

Sophia nickte, fragte dann: „Darf ich noch einen Blick in Stellas Schlafzimmer werfen?"

Ernst nickte. Der Junge löschte das Licht im Arbeitszimmer und die beiden Jugendlichen traten in den gegenüberliegenden Raum. Sophia drückte den Lichtschalter: „Wow!", sagte sie.

„Ja, das Schlafzimmer von Stella ist ein einziger Traum", bestätigte Ernst.

Stellas Zimmer war etwa zwanzig Quadratmeter groß. In der Mitte stand ein Himmelbett mit Baldachin. Auf den wuchtigen Gardinen des Bettes und vor dem Fenster war ein dunkler, nächtlicher Himmel gezeichnet. Die beiden Stehlampen im Raum hatten die Form von Kometen, die an Weihnachten erinnerten. Der Schrank auf der rechten Seite stellte einen Halbmond dar. Obwohl die Wände in einem dunklen Blau gehalten waren, wirkte das Zimmer freundlich, ja, fast beschützend.

„Als wäre man hier näher bei Gott", flüsterte Sophia ehrfurchtsvoll.

„Ich glaube, Stella wollte eher in der Nähe des Himmels und der Sterne sein", meinte Ernst.

„Es sind wieder die vier Elemente dargestellt, merkst du das?", fragte Sophia.

Ernst wusste sofort, was seine Freundin meinte: „Ja, die Sterne sind Feuer, die Planeten Erde, das All entspricht der Luft. Nur das Wasser sehe ich nicht."

„Doch, doch, schau, da sind auch Wolken abgebildet. Kondensiertes Wasser", dozierte die Musterschülerin.

Ernst nickte und erstarrte, als sich Sophia dem Bett seiner Großmutter näherte und sich darauf fallen ließ.

„Was tust du da?", fragte Ernst aufgebracht.

„Ich blicke in den Himmel", sagte sie und klopfte mit der rechten Hand neben sich auf die Bettdecke, die ebenfalls von einem Sternenmotiv dekoriert war.

Ernst musste sich überwinden, doch dann trat er ans Bett und legte sich neben Sophia hin. Beide schauten in den Himmel hoch, ihre Körper dicht nebeneinander. Und doch waren die zwei darum bemüht, sich auf keinen Fall zu berühren.

„Ich fühle mich wie im siebten Himmel!", flüsterte Sophia.

„Stimmt. Es ist, als ob man hier und doch nicht da wäre. Es ist wie in gewissen Märchen oder wenn man meditiert", sinnierte der Junge.

Sophia lachte und schaute ihn von der Seite an: „Seit wann meditierst denn du?", fragte sie.

„Es gibt einiges über mich, das du nicht weißt", sagte er reserviert.

Sophia lachte wieder und meinte: „Das mag stimmen, denn es gibt einiges, das du über dich selber nicht weißt."

„Danke, dass du mich daran erinnerst, meine Liebe", meinte Ernst spitz.

Die beiden schlossen, als hätten sie sich abgesprochen, die Augen, verließen Zeit und Raum und fühlten sich, als schwebten sie im All. Ihnen war bewusst, dass sie nebeneinander lagen und gleichwohl erlebte jeder von ihnen eine eigene Reise. Der eine sah die vier Elemente, die andere erblickte zwei sich küssende Wesen und musste dabei an Justitia und Pax denken, an den Friedenskuss in der Querstraße und über dem Schlossportal, an Stella und Ernesto.
Nach einiger Zeit öffnete Ernst wieder die Augen und blickte Sophia von der Seite an. Ihre Brust hob und senkte sich derart gleichmäßig, dass er meinte, sie sei eingeschlafen. Er schaute die schöne, junge Frau an, bewunderte ihr lebendiges Haar. Gerne hätte er die einzelnen Locken um seinen rechten Zeigefinger gekringelt, doch er wagte es nicht, sie zu berühren.
„Ich bin wach", sagte Sophia auf einmal. Ernst schrak hoch. „Bist du des Wahnsinns. Ich hätte beinahe einen Herzinfarkt erlitten", rief der Junge.
„Tut mir leid", sagte Sophia, musste aber doch lachen, „ich glaube, wir sollten jetzt gehen."

Taumel

Die Jugendlichen verließen Stellas Wohnung, nachdem sie die Fenster wieder geschlossen hatten. Dann gingen sie die Waschgasse hoch und bogen nach rechts. Sie erreichten gleich den Platz unterhalb des Schlosses. Allerdings war es bereits spät, denn der Ort war berstend voll Menschen, die sich um das Becken mit dem Wasserspiel versammelt hatten. Ein gewisser Abstand musste natürlich gewahrt werden und so standen sich die Leute beinahe auf den Füßen herum.

„Lass uns zu Ernst gehen", sagte Sophia, die sich in der Dunkelheit bereits nach einem geeigneten Platz umgesehen hatte. Der Junge brauchte einen Augenblick, bis er begriff, dass Sophia die Statue des Herzogs gemeint hatte und nicht dabei war, ein Wortspiel mit seinem Namen zu machen. Auf der Terrasse vor dem Schloss standen auch schon viele Leute. Nur die Statue Ernst des Frommen war noch einigermaßen frei. Ernst folgte Sophia und schlug vor: „Wir können uns auf die Treppenstufen setzen."

Von dort hatten die zwei Jugendlichen einen schönen Ausblick auf den Brunnen mit den vier Tieren, die Wasser spuckten. Witzig hatte Ernst immer gefunden, dass zum Beispiel die Eidechse nicht so weit spucken konnte wie der Frosch, der wiederum weiter spuckte als die Languste.

„Eigentlich sind die Wassertiere kitschig", entfuhr es Ernst. „Stimmt, aber mir gefallen sie trotzdem. Die ganze Anlage ist ja eine Nachahmung südlicher Wasserspiele und Grotten. Doch mich stört das nicht, im Gegenteil. Und zu dir, du Pflanze aus dem Süden, passt das."

„Ich liebe das Wasserspiel auch, wenn es endlich wieder zu fließen beginnt. Im Spätherbst vermisse ich das sprudelnde Wasser", erzählte Ernst und ging bewusst nicht auf Stellas Anspielung ein.

„Schau", sagte Sophia in dem Augenblick, denn das Spektakel mit Wasser, Licht und Musik hatte begonnen.

Es war, als versänke Gotha in eine Märchenwelt. Licht vermischte sich mit Wasser, Feuerwerk gesellte sich dazu und tanzte zur Musik. Nächtliche Stimmung verschmolz mit dem Licht, das an helle Tage erinnerte. Sophia und Ernst blickten beide versunken auf das Spektakel, das sich vor ihnen abspielte.
Auf einmal spürte der Junge, wie Sophia seine linke Hand nahm und auf ihren Schoss legte. Sie lehnte sich an ihn und flüsterte durch den Lärm:
„Ich möchte mich auch einmal so verlieben."
Ernst blieb die Sprache weg, sein Herz setzte aus und er schluckte leer. Am liebsten hätte er sich selbst hier und jetzt geohrfeigt. Er war ein Feigling, ein unbrauchbarer Kerl, der nicht wusste, wie er sich altersgemäß zu verhalten hatte. Dabei dachte er an einige seiner Klassenkameraden, die in einem solchen Augenblick alle Register gezogen hätten, und bestimmt gewusst hätten, was zu tun war. Ernst schüttelte nur noch den Kopf über sich, bis Sophia von ihm wegrückte und ihn fragte:
„Was ist denn los?"
Ernst erwiderte nur: „Och, nichts" und schalt sich einen Trottel, einen Feigling der übelsten Sorte.
Als nach einer guten Viertelstunde das Spektakel sein Ende fand, standen die beiden Jugendlichen auf.
„Ernst?", fragte Sophia.
„Was?", fragte der Junge zurück.
„Könnte ich wohl bei deiner Oma übernachten?", Sophia klang verschämt. „Ich mag nicht nach Hause und jetzt ist es zu spät, um noch eine Freundin anzurufen."
Ernst schüttelte den Kopf: „Unmöglich."
„Aber warum denn?", wollte Sophia wissen, doch der Junge schüttelte weiterhin bloß den Kopf.
„Bitte, Ernst, ich verspreche dir auch, dass ich die Wohnung so hinterlasse, wie ich sie vorgefunden habe. Ich will auch die Tassen und die Kanne, die wir gebraucht haben, noch abwaschen und abtrocknen."

Ernst schüttelte wieder nur den Kopf.
„Ach, Ernst, bitte. Ich wäre dir auf immer und ewig dankbar. Ich mag einfach nicht heimgehen. Bitte versteh das doch. Dir ginge es auch so, bestimmt", insistierte Sophia.
Wenn es etwas gab, worin Sophia unschlagbar war, dann bestimmt in ihrer Hartnäckigkeit, überlegte Ernst. Dann fügte er noch Schönheit, Intelligenz, Witz und Esprit hinzu.
„Hör zu, Sophia, wenn du willst, dann kannst du zu mir nach Hause kommen."
Jetzt war es Sophia, die den Kopf schüttelte: „Das ist mir zu intim."
„Tja", meinte Ernst, „und mir passt es nicht, wenn du bei Stella übernachtest. Nicht jetzt."
„Ach, bitte, Ernst, sei lieb", sagte sie, schaute ihn groß an und streichelte seinen rechten Arm.
„Ich kann im Wohnzimmer auf dem Sofa schlafen und du darfst mein Bett haben. Das ist mein letztes Wort."
Sophia seufzte: „Also gut. Aber du versprichst mir, dass es keine Männerbesuche in deinem Zimmer geben wird."
Ernst lachte: „Großes Ehrenwort."
Und Sophia ergänzte: „Ehrenwort eines unbrauchbaren Kerls."
„Na warte", sagte Ernst gespielt verärgert und lief hinter Sophia her, die losgerannt war.
Die beiden Jugendlichen lieferten sich ein kleines Rennen durch den überfüllten Hauptmarkt. Die Menschen, die von ihnen angerempelt und gestoßen wurden, ärgerten sich und riefen ihnen zum Teil unfreundliche Worte nach. Doch Stella und Ernst hörten nichts, sahen nichts als einander.
Zu Hause angekommen, fanden die Jugendlichen die Wohnung noch leer vor. Victoria war unterwegs. Ernst ging in sein Zimmer und bezog sein eigenes Bett frisch. Dann trug er seine Bettwäsche ins Wohnzimmer. Er drückte Sophia noch ein frisches Handtuch und eine neue Zahnbürste in die Hand. Dann meinte er: „Ruf bitte noch deine Eltern an oder schick

ihnen zumindest eine SMS. Ich habe keine Lust, dass sie uns die Polizei auf den Hals hetzen."
Sophia ärgerte sich über die Bemerkung des Freundes, dennoch nickte sie. „Ich mach das noch. Gute Nacht, Ernst, und ...", ließ sie den Satz offen.
„Und was?", fragte Ernst voller Hoffnung, ohne dass er hätte sagen können, worauf sich dieses Gefühl hätte beziehen können.
„Und danke für alles", sagte Sophia, schloss dann schnell die Zimmertüre hinter sich.
Ernst legte sich in T-Shirt und Unterhose auf das Sofa ins Wohnzimmer, denn er hatte vergessen, den Schlafanzug aus seinem Zimmer zu holen. Er konnte nicht gleich einschlafen und ließ daher die Ereignisse des Tages Revue passieren: das Gespräch mit Victoria, der Festumzug, die Briefe von Ernesto, die Besichtigung der Marienglashöhle, Stellas Wohnung, das Spektakel auf dem Hauptmarkt. Und dann war da noch mehr. Es hatte mit Sophia zu tun. Ernst wollte sich gerade diesem Gedanken stellen, als er einschlief.

Sonntag: Abschließende Tatsachen

Feststellungen

„Was ist denn hier los?", erklang es durch einen dicken Nebel. Ernst war gerade dabei, mit Stella über Ernesto zu diskutieren. Endlich konnte er ihr all die Fragen stellen, die ihn schon seit langem plagten.

„Was ist denn hier los?", erklang es zum zweiten Mal durch einen jetzt etwas lichteren Nebel.

„Genau das habe ich dich doch eben gefragt", fauchte der Junge zurück.

„Was ist denn mit dir los?", ertönte es in einer leicht veränderten Variation.

Ernst öffnete blinzelnd die Augen und sah durch einen Schleier, dass seine Mutter neben ihm auf dem Sofarand saß.

„Was machst du denn hier?", fragte er sie.

Victoria lachte: „Ich wohne hier, mein lieber Herr Sohn!"

„Ach, das meine ich doch nicht." Ernst stockte kurz, dann sagte er: „Ich habe wohl geträumt. Eben war ich dabei, Stella nach ihrer Vergangenheit zu fragen."

„Das klingt ganz nach dir, Ernst. Jetzt träumst du schon davon. Hast du denn noch immer nicht genug? Solltest du dich nicht eher um deine Zukunft kümmern? Zum Beispiel darum, dass du demnächst wohl einige Klausuren schreiben musst und daher vielleicht neben den Feierlichkeiten um Gothardus auch noch etwas lernen könntest?"

„Du willst mir wohl den Sonntag vermiesen", meinte Ernst gespielt griesgrämig.

Victoria lachte wieder. Offenbar war sie heute guter Laune. Deshalb nahm der Junge die Gelegenheit wahr, um seine Mutter zu fragen: „Wie war das nochmal mit meinem Vater?"

„Och, nein, nicht jetzt, Ernst."

„Es gibt keinen guten Zeitpunkt, Mama. Zumindest hast du in den letzten sechzehn Jahren keinen gefunden."
„Noch nicht ganz sechzehn, mein Lieber."
Ernst drehte sich auf den Rücken, öffnete die Arme und blickte zur Decke.
„Ich wollte von dir wissen, was da los ist. Zum ersten Mal seit bald sechzehn Jahren finde ich dich hier im Wohnzimmer auf dem Sofa liegend. Wie habe ich das zu verstehen?"
„Ich habe hier geschlafen", meinte Ernst.
„Das ist mir auch schon aufgefallen, danke", war alles, was sie sagte.
Ernst setzte sich auf, fuhr sich mit beiden Händen über das Gesicht, als wolle er den Schlaf wegreiben. Dann gähnte er genüsslich mit geschlossenen Augen. Als er sie wieder öffnete, sah er, dass Victoria sich nicht in Luft aufgelöst hatte. Daher sagte er: „Sofia schläft in meinem Bett."
„Und du übernachtest hier auf dem Sofa?" Victoria schüttelte den Kopf. „Ich verstehe die junge Generation einfach nicht. Zu meiner Zeit..."
„Ja, ja", unterbrach sie Ernst, „zu deiner Zeit hättest ihr eine wilde Liebesnacht veranstaltet, ich weiß. Wir sind eben anders. Eigentlich solltest du doch ganz froh darüber sein. Andere Mütter machen sich Sorgen, wenn –"
„– wenn sich ihre Jugend ganz normal verhält, ich weiß", ergänzte seine Mutter den angefangenen Satz.
Auf einmal mussten beide lachen und Victoria umarmte ihren Sohn. Dann streckte sie ihre Arme aus und blickte ihm tief in die Augen.
„Du bist ein toller Junge, Ernst, im Ernst."
Der Junge versuchte die aufkeimende Wut in ihm zu unterdrücken: „Hast du mir den Namen etwa nur deshalb verpasst? Manchmal denke ich, dass ich mit diesen blöden Witzen nicht alt werde. Ich kann sie schon jetzt nicht mehr hören. Wie soll ich das nur aushalten, bis ich achtzig bin?"

„Entschuldige bitte."
„Ach, lass gut sein. Erzähl mir lieber von meinem Vater. Mir ist aufgefallen, dass ich nichts über ihn weiß, außer, dass er Gustl heißt."
Victoria schlug ihrem Sohn vor, in die Küche zu gehen und Kaffee zu kochen. Dann wollte sie ihm die Geschichte, mit der sie gestern begonnen hatte, zu Ende erzählen.
Kurze Zeit später saßen sich Mutter und Sohn am Küchentisch gegenüber. Beide sahen in ihren T-Shirts und Unterhosen noch verschlafen aus. Beide hatten sie eine Tasse dampfenden Kaffee vor sich stehen.
Victoria räusperte sich, dann begann sie zu berichten: „Also, wo war ich stehen geblieben? Ach ja, wir sahen uns an jenem Wochenende und verbrachten ein paar ganz romantische Stunden im Müller-Tempel auf Gustls Decke. Dann musste er wieder zum Studium und ich nach Leipzig. Wir hörten ein paar Wochen lang nichts voneinander."
„Wieso das denn?", fragte Ernst ungläubig.
„Wahrscheinlich wussten wir beide nicht recht, was wir von unserem Treffen halten sollten. Was mich anbelangt, ich fühlte mich gefühlsmäßig überfordert. Außerdem war die Kommunikation damals nicht so einfach wie heute. Da gab es noch keine Mobiltelefone. Auf alle Fälle merkte ich etwa drei Wochen später, dass ich schwanger war."
„Oh, nein!", entfuhr es Ernst. Dabei hatte er ganz vergessen, dass es sich bei der Schwangerschaft um ihn gehandelt haben musste.
„Das dachte ich damals auch. Mir war gleich klar, dass die Situation schwierig war. Schließlich hatten Gustl und ich uns aus den Augen verloren. Zwar waren wir lange Zeit überzeugt gewesen, dass wir einmal heiraten würden, doch das lag Jahre zurück. Außerdem stand ich mitten im Studium und ich wollte noch kein Kind. Das war einfach nicht geplant."

„Gab es denn damals keine Verhütungsmittel?", fragte Ernst ironisch.
„Doch, natürlich, aber wir hatten das ja nicht vorgehabt. Außerdem hatte Gustl versprochen, aufzupassen."
„Soviel dazu", antwortete Ernst trocken.
„Ach, sei nicht so altklug. Dir könnte so was auch mal passieren. Glaub ja nicht, dass das immer so einfach ist. Manchmal verliert man auch einfach den Überblick, die Kontrolle, und dann..."
„...dann wird es ernst", schloss der Junge.
„Ach, das bringt doch nichts! Wenn du mir vorhalten möchtest, dass ich dich gezeugt habe, dann lassen wir das. Du bist da und es gibt in meinem Leben nicht vieles, was mir so viel Freude bereitet wie du und worauf ich so stolz bin wie auf dich."
„Entschuldige, Mama", hauchte Ernst und blickte auf den Tisch.
„Ist ja gut", Victoria streichelte Ernsts linker Arm mit ihrer rechten Hand.
„Erzähl weiter, bitte!", flehte der Junge jetzt.
„Ich schrieb Gustl einen Brief nach Hause. Das muss wohl seine Zeit gedauert haben, bis er den erhielt, denn wir trafen uns erst wieder anderthalb Monate später. Dann habe ich ihm die Neuigkeit eröffnet."
„Und? Wie hat er reagiert?", wollte Ernst wissen.
Victoria lachte: „Ich glaube, das war der Schock seines Lebens."
„Na toll!", meinte Ernst.
„Du verstehst das nicht. Lass mich weiter erzählen."
Ernst schwieg und blickte in die trübe Brühe, die sich in seiner Kaffeetasse befand.
„Also: Wir trafen uns an einem Samstagnachmittag beim Müller-Tempel. Ich weiß noch, dass es an jenem Tag schneite. Die Landschaft bedeckte sich mit einem hellen, saube-

ren Tuch. Ich dachte, die Welt sähe rein aus. Drei Worte sagte ich nur: „Ich bin schwanger." Gustl erbleichte, als wolle er sich dem Schnee anpassen. Dann sagte er: „Du auch?" Und ob du es glaubst oder nicht: Ich begriff zuerst rein gar nichts."
„Er hatte eine Freundin, die auch schwanger war?"
Victoria nickte.
„Nein!", entfuhr es Ernst.
„Doch", sagte Victoria. „Als ich das endlich begriffen hatte, ich meine wirklich begriffen, war Gustl am Weinen. Das ginge nicht, er könne nicht, das sei einfach nicht möglich, das wäre unfair und ähnlich lauteten seine Äußerungen. Er könne das seiner Freundin nicht sagen, ihr das nicht zumuten, ihr so etwas unmöglich antun. Sie würde das nicht verkraften. Ich dagegen sei stark. Er wolle mir helfen, damit eine Abtreibung organisiert werden könne. Er sei bereit, dafür aufzukommen, schließlich sei er mitverantwortlich."
„Und dann?", fragte Ernst, der einen dicken Kloß im Hals verspürte, als hätte sich der Kaffee, den er vor kurzem hinuntergeschluckt hatte, verfestigt, als sei das Getränk in seinem Rachen stecken geblieben.
„Ich bin weggerannt und habe ihm nachgeschrieen, er solle sich zum Teufel scheren und nie mehr melden. Ich war verzweifelt."
„Und?", drängte Ernst seine Mutter.
„Nichts. Seither habe ich ihn nur noch ein-, nein, zweimal gesehen, habe ansonsten nie wieder etwas von ihm gehört."
„Das glaube ich nicht!", schrie der Junge.
Victoria hob die Schultern.
„Das kann nicht sein!", insistierte Ernst.
„Stella habe ich noch am gleichen Abend eingeweiht. Ich konnte nicht alleine mit meiner Lage fertig werden. Sie ist überhaupt nicht wütend geworden, hat mich bloß umarmt und festgehalten. Dann meinte sie sogar, sie freue sich auf

Nachwuchs in der Familie. Noch heute kann ich kaum glauben, dass sie so reagiert hat."

Ernst überlegte einen Moment, sagte dann: „Vielleicht kannte sie ja die Situation."

„Wie meinst du das?", fragte ihn Victoria scharf.

„Ach, nichts. Aber es ist schon seltsam."

„Wie auch immer: Ich habe dich zur Welt gebracht, habe das Studium mit Hilfe des Krippenplatzes und mit der Unterstützung von Stella zu Ende geführt und konnte dann einer Arbeit nachgeben."

„Hast du es nie bereut?", fragte Ernst und spürte, dass seine Augen brannten.

Victoria nahm den Kopf ihres Sohnes in ihre Hände, legte ihre Stirn an seine, blickte ihm tief in die Augen und sagte: „Natürlich habe ich das immer mal wieder bereut. Aber dann warst du auch das größte Geschenk, das mir das Leben gemacht hat. Ich weiß nicht, ob ich mich mit einem Ehemann an der Seite besser gefühlt hätte, ob es einfacher gewesen wäre. Stella und ich waren ein gutes Team. Und vergiss nicht: Sie liebte mich zwar, aber dich hat sie vergöttert. Stell dir vor: Ab und zu war ich, deine Mutter, auf dich, meinen eigenen Sohn, eifersüchtig."

Ernst lachte laut auf, zu laut, wie ihm schien. Nach einer Weile fragte er: „Und mein Vater?"

Jetzt war es Victoria, die lachend sagte, dabei entfernte sie sich wieder von ihrem Sohn: „Der wurde zum unbrauchbaren Kerl abgestempelt."

„Geschieht ihm wohl recht", meinte Ernst trotzig.

Victoria runzelte die Stirn: „Früher war ich davon überzeugt, ja. Doch seit einigen Jahren frage ich mich, ob das so einfach ist. Ich glaube, dass Gustl mit der Situation schlicht überfordert war. Er hatte eine Freundin, die schwanger war. Wir haben uns nur durch Zufall getroffen, sind aus welchen Gründen auch immer schwach geworden. Der Preis, den er hätte

bezahlen müssen, war zu hoch für ihn. Heute kann ich Gustl verstehen. Schließlich wollte ich das Kind, nicht er."
„Trotzdem hätte er sich um mich kümmern können", sagte Ernst traurig.
„Er hätte es getan, wenn ich es zugelassen, wenn ich es gefordert, und wenn er es ausgehalten hätte. Außerdem hatte er ja zuerst gar keine Ahnung, wie ich mich entschieden hatte."
„Hätte er sich etwa nicht erkundigen können? Gotha ist schließlich nicht so groß", meinte Ernst.
„Hör zu: Dein Vater hat getan, was er konnte. Das war nicht viel und ich war ihm weiß Gott lange genug böse. Doch überleg mal: Er hat dich gezeugt. Das ist ein Geschenk, das größte, das man jemandem machen kann: Er schenkte dir das Leben."
„Du magst philosophisch gesehen Recht haben, aber ich fühle mich hintergangen, verraten. Um einen Vater, um eine Familie, um eine intakte Kindheit", sagte der Junge.
„Ich verstehe dich, aber es ist nicht fair, Ernst", sagte Victoria und Ernst sah, dass ihre Augen glänzten.
„Entschuldige, Mama, das habe ich nicht gewollt."
„Nein, das hast du wohl nicht, aber so verstehe ich es nun mal. Bewahre deine Kindheitserinnerungen so auf, wie sie sind. Glaub mir, es gibt schlimmere Erfahrungen als deine."
Der Junge errötete und senkte den Blick.

Richtigstellung

„Ach, ich störe wohl?", hörten Mutter und Sohn eine Stimme fragen.
Ernst blickte hoch, Victoria drehte sich um. In der Küchentüre stand verschlafen und mit wilden, langen Haaren Sophia. Ernst schoss in die Höhe und meinte zu Victoria gewandt: „Das, ja, das... ist Sophia", stammelte Ernst.
Victoria stand auf. Die beiden Frauen musterten sich interessiert und gaben sich höflich die Hand.
„Möchtest du einen Kaffee?", fragte Victoria.
„Gerne, danke, wenn es keine Umstände macht."
Sie saßen nun zu dritt um den Küchentisch, drei Freunde und doch wie Fremde, die sich zufälligerweise nachts auf einem kleinen, einsamen Provinzbahnhof getroffen hatten, weil sie eine Zugverbindung verpasst hatten. Allen war auf eigene Art peinlich zumute. Sophia merkte wohl, dass sie Mutter und Sohn bei einem persönlichen Gespräch unterbrochen haben musste, das sie in ihrer Anwesenheit nicht weiterführen mochten.
Victoria hätte ihre Geschichte zu Ende erzählen müssen, war aber ganz froh um diese unvorhergesehene Unterbrechung. So konnte sie sich das, was in den letzten sechzehn Jahren geschehen war, durch den Kopf gehen lassen.
Ernst hätte am liebsten seine Mutter dazu auffordern wollen, weiter zu erzählen, doch der Mut hatte ihn unterdessen verlassen. Außerdem wusste er selber nicht, ob es ihm angenehm gewesen wäre, wenn Sophia alles mitbekommen hätte. Seltsam, überlegte er gerade, denn er wusste, später hätte er ihr ohnehin alles erzählt.
„Habe ich euch unterbrochen?", fragte Sophia, die das Schweigen nicht länger ertragen konnte.
„Nein, nein, Sophia", sagte Victoria.
„Doch, hast du. Aber es macht wohl nichts", sagte Ernst gleichzeitig.

Mutter und Sohn schauten sich betreten an, als wollte jeder der beiden sich beim anderen für die Offenheit beziehungsweise für die Lüge entschuldigen.

„Es tut mir leid", Sophia sprach das aus, was Mutter und Sohn nicht zu sagen vermochten.

Ernst war es, der kurz darauf sagte: „Mama hat mir von meiner Entstehungsgeschichte berichtet. Ich war wohl ein Unfall."

„Ein Schöner", ergänzte Victoria, errötete dann.

„Zumindest mit der Zeit", sagte Ernst.

„Für mich bist du das auch. Ich bin nämlich froh, dass du auf der Welt bist", meinte Sophia, „sonst hätte ich dich nicht kennen gelernt. Ich hätte dich vermisst."

Ernst lachte verschämt: „Wenn ich nicht auf der Welt wäre, könnte ich dir doch gar nicht fehlen. Du hättest mich nicht kennen gelernt und wüsstest jetzt nicht, was dir entgangen wäre."

Sophia schüttelte den Kopf: „Das stimmt nicht ganz."

Ernst schaute sie verwundert an und auch Victoria blickte erstaunt in die Runde.

„Ich bräuchte so einige Menschen, die es nicht gibt. Manchmal vermisse ich auch solche, die nicht mehr leben. Ab und an fehlen mir sogar welche, die es nie gegeben hat."

„Wie das denn?", fragten Victoria und Ernst wie aus einem Mund. Alle drei mussten lachen und ein fröhlicher Wind wehte durch die Küche.

„Zum Beispiel fehlt mir mein Opa. Ich habe ihn nie gekannt, weil er vor meiner Geburt gestorben ist."

„Das kann ich gut nachvollziehen", sagte Victoria. „Auch Stella fehlte immer die Mutter, die bei ihrer Geburt sterben musste. Und ich vermisste Zeit meines Lebens meine Oma."

„Und mir fehlt im Grunde ein Bruder, den es nie gab und nie geben wird", ergänzte Ernst.

„Seht ihr? Man kann jemanden auch dann vermissen, wenn man sie oder ihn gar nicht kennt oder nie kennen gelernt hat.

Schließlich haben wir nicht umsonst unsere Köpfe, in denen wir Gedanken wälzen können. Sogar meine Gefühle gehen dabei oft mit mir durch und ich werde ganz traurig, wenn ich überlege, wie viele Menschen ich doch gerne gekannt hätte oder kennen lernen wollte, ohne dass dies je möglich gewesen wäre."
„Du denkst an ungenutzte Chancen?", fragte Ernst und runzelte die Stirn.
Sophia nahm unbewusst seine Mimik auf und nickte nach einer Weile: „Ja, ich denke, das ist es."
Die drei Reisenden versanken wieder in tiefes Schweigen und nippten abwechselnd an ihren Kaffeetassen.
„Was habt ihr heute noch vor?", fragte auf einmal Victoria, um das Schweigen zu brechen, denn es kam ihr seltsam vor, ohne zu reden mit zwei jungen Menschen am eigenen Küchentisch zu sitzen. Es war, als säße sie nicht in ihrer Wohnung, als befände sie sich wirklich auf einem ihr fremden Provinzbahnhof.
„Keine Ahnung", antwortete Ernst.
„Klar, wir lesen doch die Briefe zu Ende", sagte Sophia mit leuchtenden Augen.
„Welche Briefe?", fragte Victoria und stand auf, um den Tisch abzuräumen.
Ernst schaute Sophia mit seinem strengsten Blick an und beeilte sich dann, seine Mutter breit anzulächeln: „Ach, wir müssen da noch was für das Fach Französisch erledigen."
„Ach so, na gut. Ich gehe mit Susanne spazieren, doch am späteren Nachmittag bin ich wieder zu Hause. Essen wir gemeinsam zu Abend, Ernst?", fragte Victoria.
„Ja, gut", meinte der Junge.

Irrwege

„Ähm, dürfte ich mitessen?", hörten sie Sophia sagen.
„Du willst hier zu Abend essen?", fragte Victoria unnötigerweise, wie Ernst fand, denn sie hatte Sophias Frage bestimmt deutlich gehört.
„Das wäre schön, ja", kam die Antwort prompt.
„Von mir aus gerne. Ich hoffe, du magst Spaghetti, denn ich möchte ein neues Rezept für eine Sauce ausprobieren. Eine Freundin hat mir davon vorgeschwärmt", erklärte Victoria.
„Spaghetti sind perfetti!", sagte Sophia etwas sehr schwungvoll.
Victoria erbleichte: „Sag das noch mal."
Sophia wurde rot: „Den blöden Satz? Ach, entschuldige, das ist mir nur so rausgerutscht."
Victoria wurde noch bleicher: „Sag das noch mal."
„Mama, lass Sophia doch in Ruhe", mischte sich Ernst ein, dem die Reaktion seiner Mutter peinlich war.
„Ist schon gut, Ernst. Ich hab bloß gesagt: „Spaghetti sind perfetti", das war alles", wiederholte Sophia.
„Woher hast du den Spruch?", schrie Victoria Sophia an, als hätte sie ihr ein teures Schmuckstück entwendet.
Sophia war rot geworden. Warum reagierte Ernsts Mutter so seltsam? Schließlich hatte sie ihr doch nur ein Kompliment machen wollen. Sie hatte vorgehabt, so zu tun, als wären Spaghetti ihre Lieblingsspeise. Das stimmte im Übrigen auch, wie sie im gleichen Augenblick, als sie das dachte, verwundert feststellte.
Victoria war aufgestanden, war zu Sophia getreten und hatte die Sitzende an den Oberarmen gepackt. Sie schüttelte Sophia und wiederholte in einem beängstigend drohenden Tonfall: „Woher hast du diesen Spruch?"
„Mama, jetzt hör auf, bitte! Du machst Sophia und mir Angst. Was ist denn in dich gefahren?", fragte Ernst gleichzeitig aufgebracht und besorgt.
„Den Spruch hab ich von Daheim. Seit ich ein Kind bin, höre ich den. Das sagen wir immer so. Spaghetti...", doch

sie brach den kindischen Satz ab. Sophia hatte diesen dummen Spruch geliebt, Zeit ihres Lebens, denn es war der erste kleine Vers gewesen, den sie gelernt hatte. Natürlich war es nicht wirklich Lyrik, doch es reimte sich auf eine derart einfache Art, dass sie bereits als kleines Kind daran Freude gehabt hatte.
„Von wem hast du den Spruch?", fragte Victoria nochmals. Ihr Ton war jetzt etwas ruhiger und sie hatte Sophias Arme losgelassen.
„Von Mama, nein, von Papa, nein, von Mama, ach, keine Ahnung. Von meinen Eltern", schloss sie.
„Wie alt bist du?", fragte Victoria und Ernst war drauf und dran aufzustehen und seine Mutter, koste es, was es wolle, aus der Küche zu befördern. Was bildete sie sich eigentlich ein? Warum behandelte sie eine Freundin von ihm auf diese Art und Weise? Wieso tat sie ihm das an, ausgerechnet sie, die ihn sein ganzes Leben lang gelehrt hatte, anständiges, die Würde des anderen Menschen respektierendes Verhalten sei etwas vom Wichtigsten im Leben?
„Ich? Na, fünfzehn", sagte Sophia und ihre Augen waren größer als Ernst sie je gesehen hatte.
Victoria schien sich zu entspannen.
„Sophia ist so alt wie ich, Mama. Habe ich dir das nie erzählt? Wir haben am gleichen Tag Geburtstag: am 13. August des gleichen Jahres."
„Wie ich", meinte Victoria.
Dann machte sie ein Geräusch wie ein verwundetes Tier und sank auf ihren Küchenstuhl zurück. Sie legte die Arme auf den Tisch, den Kopf darauf. Ihre Schultern hoben und senkten sich unrhythmisch: Ernsts Mutter weinte.
Die beiden Jugendlichen schauten sich an, als könnte der eine in den Augen des anderen eine Antwort auf die eigene Frage finden. Doch im Blick des anderen sahen sie jeweils nur das eigene Fragezeichen, als blickten sie in einen Spiegel.

„Was ist denn los?", flüsterte Sophia Ernst zu.
„Keine Ahnung", antwortete der Junge ebenso leise, stand auf und legte seine rechte Hand auf Victorias Schulter. Dann streichelte er seiner Mutter den Rücken und sprach beschwichtigend auf sie ein.
Nach einer Weile setzte sich Victoria auf, wischte sich die Tränen mit dem rechten Ärmel aus dem Gesicht und schaute Sophia an: „Wie heißt dein Vater?", fragte sie mit zitternder Stimme.
„August", sagte Sophia.
Victoria wiederholte: „August, wie denn sonst. August Hoppe."
Sophia lächelte: „Ja, kennst du ihn denn?"
Victoria nickte, stand auf und verließ die Küche. Die beiden Jugendlichen hörten, wie sie in ihr Zimmer ging, die Türe zuzog und den Schlüssel im Schloss drehte. Dann herrschte in der ganzen Wohnung nur noch Stille.
„Sophia", flüsterte Ernst, der mindestens so bleich wie seine Mutter geworden war.
„Nein, bitte, fängst du jetzt auch so an?", flüsterte das Mädchen zurück.
„Sophia", wiederholte Ernst, als hätte er ihr nicht zugehört, „weißt du, was das bedeutet?"
Sophia blickte dem Jungen in die erschreckten Augen und schüttelte stumm den Kopf. Eine leise Ahnung, die sie unbedingt unterdrücken wollte, die sie ohne Zweifel verdrängen musste, stieg langsam in ihr auf. Dann sagte sie: „Nein, sag, dass das nicht wahr ist."
„Doch, ich glaube, dass es genau so ist", war alles, was Ernst sagen konnte, dann starrte er auf den Küchentisch.
„Wir sind Geschwister?", flüsterte Sophia und bekam Gänsehaut, als sie ihre eigene Stimme diese Worte aussprechen hörte.
Ernst nickte, hob den Kopf, schaute Sophia an und meinte: „Zumindest halb, ja, also ich meine, wir haben den gleichen Vater."
„August ist Gustl", sagte Sophia langsam.

„Darauf hätten wir längst kommen können", meinte Ernst.
„Wie denn?", fragte Sophia matt.
„Na, wahrscheinlich weiß Irina davon und mag meine Familie deshalb nicht."
„Du meinst...", doch mehr konnte Sophia nicht sagen.
Ernst nickte.
„Ich werd verrückt", sagte Sophia gepresst.
„Nein, das wirst du nicht. Wir werden uns mit der Zeit an den Gedanken gewöhnen", sagte der Junge.
„Klar! So einfach ist das für dich", schnauzte sie ihn an.
„Gar nichts ist für mich einfach, rein gar nichts. Aber ich weiß, so ist es immer im Leben. Etwas Unerhörtes geschieht. Zuerst ist man schockiert, entsetzt, dann nur noch aufgebracht, mit der Zeit gewöhnt man sich an den Gedanken und am Schluss fragt man sich, wie man sich überhaupt jemals darüber hatte wundern können. Eines Tages werden wir vielleicht sogar darüber lachen", schloss Ernst.
„Du meinst über diesen Moment? Hier in deiner Küche? Am Sonntag des Gothardusfestes?", fragte Sophia entsetzt, hatte Gänsehaut am ganzen Körper.
Ernst lächelte gequält: „Genau darüber. Wir werden sagen: „Weißt du noch, wie wir damals...", und wir werden uns darüber wundern, dass wir uns nicht auf Anhieb gefreut haben, damals, also jetzt."
„Gefreut?", Sophia schrie jetzt beinahe.
„Ja, Sophia. Eigentlich freue ich mich, dass du meine Schwester bist", sagte Ernst feierlich.
„Halbschwester", korrigierte das Mädchen.
„Na dann, von mir aus Halbschwester. Ich habe mir schon immer einen Bruder gewünscht. Nun bist du eben eine Schwester. Und welches weibliche Wesen wäre mir lieber als du? Keines", schloss der Junge.
„Aber ich hatte mich doch schon beinahe in dich...", sagte Sophia.

„Sch..., Sophia", sagte Ernst und legte seiner Halbschwester die rechte Hand auf den Mund.
Sophia blickte auf den Küchentisch und Ernst sah, dass sie weinte. Dicke Tropfen fielen auf das Plastiktischtuch und bildeten nach kurzer Zeit zwei salzige Tümpel.
Ernst stand auf, umrundete den Küchentisch und ging auf Sophia zu. Dann umarmte er sie von hinten, legte seinen Kopf auf ihre Schultern und sagte leise:
„Wir werden uns daran gewöhnen. Und wir werden irgendwann glücklich darüber sein. Eines Tages werden wir sogar unseren Eltern verzeihen."
„Niemals!", sagte Sophia laut.
„Komm, Sophia, lass uns gehen", sagte Ernst.
„Und deine Mutter?", fragte Sophia.
„Sag bloß, du machst dir schon wieder Sorgen um sie. Dabei wolltest du ihr niemals verzeihen", sagte der Junge und lächelte Sophia liebevoll an.
„Ich dachte dabei eigentlich an meinen Vater. So ein Schuft!", schloss sie trotzig.
Ernst ging zur Schlafzimmertür seiner Mutter und klopfte an.
„Ich kann jetzt nicht", hörte er seine Mutter sagen.
„Wir gehen spazieren", sagte Ernst, „soll ich Susanne anrufen?"
Victoria antwortete: „Nein, ich rufe sie später an. Bitte kommt heute Abend zum Essen. Wir müssen dann reden. Aber jetzt..."
„Ja, Mama, wir sind um sechs Uhr hier", sagte Ernst.
Dann wandte sich der Junge Sophia zu, die unterdessen in die Diele getreten war, winkte ihr zu und die beiden Jugendlichen verließen die Wohnung.

Endzeitstimmung

„Wohin des Weges?", fragte Ernst.

„Lass uns an einen Ort gehen, wo wir von vorne beginnen können", sagte Sophia.

Ernst überlegte kurz, dann sagte er: „Ich weiß wohin. Wir holen dein Fahrrad. Komm. Wir gehen dorthin, wo alles endet und somit auch dort, wo alles beginnt."

Sophia hatte keine Ahnung, was Ernst meinte, doch er war derart überzeugt, dass sie sich dankbar seiner Zielstrebigkeit überließ. Dabei konnte sie sich innerlich etwas entspannen. Ein taubes Gefühl hatte sich in ihr breit gemacht, das ihr jegliche Empfindung raubte.

Die beiden Jugendlichen nahmen ihre Fahrräder und fuhren zum Stadtrand. Auf einmal erahnte Sophia, wohin Ernst sie führen wollte. Sie bekam Gänsehaut. Wann würde das aufhören, fragte sie sich.

„Wir lassen die Fahrräder hier beim Eingang", sagte Ernst, als er von seinem Gefährt abstieg.

Die Geschwister gingen die schöne Eingangsallee hoch und erreichten die klassizistischen Gebäude des Hauptfriedhofs. Ernst überlegte, dass er noch nie in seinem Leben so oft hier gewesen war, wie in den letzten Tagen. Dann dachte er, dass das kein Wunder war, da er vor Stellas Tod den Friedhof kaum aufgesucht hatte. Es gab hier seines Wissens kein Grab seiner Familie.

„Wollt ihr auch hinein?", hörten die beiden eine Stimme fragen. Sophia und Ernst blickten sich erstaunt um und sahen einen Mann, der die Glastüre des Kolumbariums geöffnet hatte.

„Ja", sagten Sophia und Ernst gleichzeitig.

Eine Gruppe Menschen hatte offenbar eine Führung im Kolumbarium organisiert, denn der Herr hatte die Aufgabe, die Leute in dieses Gebäude zu begleiten und es ihnen zu zeigen. Sophia nahm Ernsts linke Hand und drückte fest zu, als sie in den Raum eintraten, der licht und ruhig wirke. Er hatte

eine ovale Form und anstelle eines Daches war Glas eingesetzt, sodass das Sonnenlicht eintreten konnte. Im Kreise standen Säulen und seitlich gingen wenige Treppenstufen zu den Wänden hoch, die Nischen aufwiesen. Der Mann erklärte gerade, dass das Wort Kolumbarium vom Italienischen „colomba" stamme, was soviel wie Taube bedeute. Der Raum sollte an einen Taubenschlag mit Nischen für die Vögel erinnern. Doch in den Nischen befanden sich keine Tiere, sondern Urnen aus unterschiedlichen Materialien, Formen und Farben, wobei erdige Töne eindeutig vorherrschten. Auch auf den Treppenstufen standen die Gefäße. Ernst schätzte die Zahl auf gut zwei- bis dreihundert.
„So viele Tote", flüsterte Ernst.
„Auch wir werden einmal da sein", hauchte Sophia zurück.
„Wir werden einmal so enden, aber kaum in diesem Raum aufbewahrt werden. Das ist hier so eine Art Museum", sagte Ernst.
Unterdessen hatte die Führung ihren Lauf genommen. Die beiden Jugendlichen hatten vor allem zwei Urnen in Augenschein genommen. Einerseits die von Carl Heinrich Stier, der als erster in Gotha kremiert worden war. Er hatte sich für den Bau des ersten Krematoriums Deutschlands eingesetzt. Deshalb hatte er sich gewünscht, auch als erster kremiert zu werden. Da er bereits gestorben war, bevor das Krematorium fertig gestellt worden war, hatte man ihn zuerst erdbestattet und später kremiert. Auf diese Weise war er nicht nur der Erste und Einzige, der im Jahre 1878 kremiert wurde, sondern er war auch der Einzige, der zwei Bestattungsarten erlebt hatte. Wobei man, wie Ernst sinnierte, in diesem Zusammenhang kaum von „erleben" sprechen konnte, da der Mann schließlich tot gewesen war.
Die andere Urne, die vor allem Sophia beeindruckte, bewahrte die Asche von Bertha von Suttner auf. Sie hatte 1905 den Friedensnobelpreis bekommen. Aus Wien war ihr Leichnam nach

Gotha transportiert worden, weil sie sich testamentarisch eine Kremierung gewünscht hatte. In Österreich musste es damals noch keine Möglichkeit zu diesem Verfahren gegeben haben.
„Stell dir vor, wie fortschrittlich Gotha war", flüsterte Sophia. Ernst nickte nur.
„Schau, auf den Urnen gibt es unterschiedliche Motive und Abbildungen", Sophia deutete verschämt mit dem Zeigefinger der rechten Hand auf einige Urnen.
Tatsächlich sah Ernst, dass es Schmetterlinge gab, die, so wusste er von Stella, den Wandel von der Raupe zu einem fliegenden, leichten Wesen darstellten.
„Die Seele befreit sich aus dem starren Körper und fliegt davon", hatte Stella verzückt gesagt.
Ernst konnte auch heute noch nicht wirklich verstehen, dass seine Oma von dieser Vorstellung derart fasziniert war. Ihm machte der Gedanke an den Tod, wenn er ihn je hatte, mehr Angst als Freude. Überhaupt verdrängte er die Überlegung an Victorias Tod. Er hatte, wie ihm eben auffiel, auch den von Stella ohne Erfolg verdrängt. Und seinen eigenen konnte er sich beim besten Willen nicht vorstellen.
„Der Efeu gefällt mir. Schau", Sophia zeigte auf eine andere Urne, „das Zeichen ewiger Treue. Schließlich ist man für immer tot."
„Es sei denn, man kehrt zurück", zitierte der Junge Stella.
Sophia blickte ihn verwundert an: „Glaubst du wirklich daran, dass man wieder geboren wird?"
„Keine Ahnung, ich habe bloß einen Satz von Stella wiedergegeben. Sie hat das offenbar geglaubt oder zumindest als möglich eingestuft. Ich kann mich erinnern, dass sie Bücher darüber gelesen hat. Doch damals interessierte mich das nicht."
„Kann ich mir vorstellen", meinte Sophia.
„So", hörten sie den Führer sagen, „haben Sie noch Fragen?"
Doch offenbar wollte der Herr nicht zuviel Zeit zum Überlegen lassen, denn er fügte schnell hinzu: „Dann danke ich Ihnen für den Besuch und wünsche einen schönen Tag."

Ernst blickte sich noch einmal im Kolumbarium um, auf das nicht funktionstüchtige Brunnenbecken in der Mitte, auf die beiden Vitrinen mit den ausgestellten Postkarten und Briefen. Dann wandte er sich zu Sophia und gemeinsam verließen sie den schönen Raum.

Der Herr verteilte am Ausgang noch Prospekte zum Hauptfriedhof, in die sich Sophia und Ernst vertieften.

„Wohin willst du gehen? Zu Stellas Grab?", fragte Sophia.

„Sie ist noch nicht begraben, wahrscheinlich ist sie noch nicht einmal kremiert worden, sondern lagert in der Halle dort hinten", antwortete Ernst und es fröstelte ihn, als er auf das linke Gebäude deutete. Die Sonne war hinter einer dichten Wolkendecke verschwunden und es sah aus, als würde sie sich am heutigen Tag nicht mehr blicken lassen wollen, denn dunkle Wolken bedeckten den Himmel.

„Immerhin regnet es nicht", sagte Sophia, als hätte sie Ernsts Gedanken gelesen.

Der Junge beschränkte sich darauf, zu nicken, und studierte weiterhin den Plan vor sich.

„Lass uns die ausgestellten Grabmale besichtigen", sagte er nach einer Weile.

Die Jugendlichen gingen wenige Schritte und bestaunten die wunderbaren Grabsteine, die von den aufgelösten Friedhöfen der Stadt zum Hauptfriedhof Gotha gebracht worden waren, damit man sie hier besichtigen konnte: Peter Andreas Hansen war mit einem schönen Stein geehrt oder August Heinrich Petermann mit einem Kunstwerk aus drei Säulen. Auch Perthes' und Eckhofs Grabsteine waren auf dem Rasenstück ausgestellt.

„Lesen wir jetzt den nächsten Brief, Ernst?", Sophia flehte mehr als dass sie fragte.

„Nein, ich möchte zuerst zum schönsten Teil des Parks gehen. Der muss da hinten liegen, der Jugendstilfriedhof. Schau auf die Karte, er ist angelegt, als handle es sich um ein Zupfinstrument mit einem Klangloch in der Mitte", sagte Ernst.

„Stimmt, aber es könnte doch auch ein Kreuz mit Christus darstellen. Da ist die Krone, dort sind die Arme, hier die Beine. Meine Mutter hat mir erzählt, dass dort, wo die Hände und Füße von den Nägeln durchbohrt wurden, Blutbuchen stehen. Auf dem Kopf trägt Christus die Dornenkrone. Daher hat man dort früher stachelige Pflanzen angelegt."
„Wirklich?", fragte Ernst interessiert. Dann meinte er noch: „Lass uns die Mitte suchen. Dort hat es vielleicht auch eine schöne Bank, auf die wir uns setzen können." Ernst ging in die Richtung, in der sich laut Friedhofsplan der gesuchte Ort befinden musste.
„Wo soll denn deine Oma beigesetzt werden und wann?", wollte Sophia wissen.
„Irgendwann in den nächsten Wochen. Meine Mutter weiß es auch nicht genau. Sobald genügend Urnen beisammen sind, werden sie uns informieren. Stella wollte einfach unter den grünen Rasen. Sie wünschte sich kein eigenes Grab."
„Das ist doch schade!", entfuhr es Sophia.
„Ja, ich hätte gerne einen Ort, wo ich Stella besuchen kann. Zwar geht das auch bei den Parzellen, aber es ist nicht das Gleiche", meinte Ernst.
„Ich habe gehört, dass man für gewisse Grabsteine auch eine Patenschaft übernehmen kann", erzählte Sophia.
„Was ist denn das?", wunderte sich der Junge.
„Du pflegst den Grabstein und das Grab eines vor langer Zeit Verstorbenen, das dir gefällt und das verwaist ist. Wenn du dann tot bist, hast du ein Anrecht darauf, dort begraben zu werden", berichtete Sophia.
„Unter fremdem Namen?", fragte Ernst entsetzt.
„Natürlich nicht. Sie setzen deinen Namen auf eine Plakette über den alten."
„Schöne Idee", sinnierte Ernst vor sich hin und schaute sich um, „es gibt hier so viele wunderbare Grabsteine. Schade, wenn sie verwittern und irgendwann abgetragen werden müssen."

„Finde ich auch. Man sollte überhaupt öfter den Friedhof besichtigen und hier spazieren", meinte Sophia.
„Und daran denken, wie endlich unser Dasein ist?", fragte Ernst schelmisch.
„Warum nicht? Ist doch so", antwortete seine Halbschwester trocken.
Die Jugendlichen standen auf einmal auf einer Art länglichen Platz. In der Mitte befanden sich immer wieder Rasenstücke, Kieswege umsäumten sie. Auch sahen sie einen schönen Brunnen, der vor sich hin plätscherte.
„Als Kind wäre ich hier gerne baden gegangen", murmelte Ernst vor sich hin.
„Bestimmt", meinte Sophia.
Die beiden setzten sich auf eine Bank und blickten verträumt um sich.
„Himmlisch, die Ruhe", murmelte Sophia und legte ihren Kopf instinktiv auf Ernst Schulter. Erschrocken fuhr sie hoch.
„Bleib doch, Sophia. Ich mag deine Nähe", sagte Ernst leise.
Zögernd lehnte Sophia sich wieder an ihn, dann blickte sie zu ihm hoch und meinte: „Lies den nächsten Brief, bitte."
Ernst überlegte, dass wenig Zeit vergangen war, seit sie das letzte Schreiben Ernestos gelesen hatten. Und dennoch: Ihm kam es vor, als sei es in einem anderen Leben gewesen. So viel hatte sich verändert, Grundsätzliches. Ernst wusste noch gar nicht, ob er sich freuen, ob er sich erzürnen oder ob er traurig sein sollte.
Langsam nahm der Junge das Bündel Briefe aus seiner Jackentasche und durchsuchte es. Als er den richtigen Umschlag gefunden hatte, entnahm er ihm einen Bogen Papier, faltete ihn auseinander und sah, dass er in Paris geschrieben worden war, und zwar am 1. Dezember 1960:

Liebe Stella, Liebste und Grausame zugleich,
auf diesem großen, seit du weggegangen bist, zu großen Bett
liege ich und schreibe Zeilen voller Wehmut und Trauer.

Ich kann kaum glauben, dass ich dich habe ziehen lassen, wo du doch endlich hier warst. Und doch: Hätte ich dir Gewalt antun, deinen Willen brechen, dich einsperren sollen? Nein, denn Liebe lebt nur in Freiheit, zu gut weiß ich das. Es ist ein Beweis meiner Liebe zu dir, dass du – so widersprüchlich sich das auch anhören mag – nicht mehr an meiner Seite bist.

Die wenigen Stunden mit dir werde ich nie vergessen, sind es doch abgesehen von der kurzen Zeit in Gotha wohl die einzigen, die ich mit dir erlebt haben werde. Du musstest einige Stunden bei deinen Verwandten verbringen. Zum Glück gehörten zwei Tage und Nächte nur uns. Und doch verbrachte ich zu viel Zeit mit dem Versuch, dich umzustimmen. Warum habe ich nicht gleich eingesehen, dass es keinen Sinn hatte, dass du bereits entschieden hattest? Wohl ist die Hoffnung wirklich das letzte Gefühl, das stirbt, wie ein italienisches Sprichwort so trefflich sagt.

Du hast mir erklärt, unsere Beziehung sei nicht möglich. Ich sei verheiratet, du hättest einen Vater zu pflegen und wohntest in einem Land mit beschränkten Ausreisemöglichkeiten in den Westen. Ich beschwor dich, zu bleiben, da du schon mal hier warst. Man würde deinem Vater zusetzen, erwidertest du, du hättest Verpflichtungen. Als würde ich, Stella, das nicht kennen. Ich habe schließlich auch eine Tochter.

Aber was ist mit unserer Liebe? Hat sie kein Recht, keinen Wert, darf sie nicht ausgelebt werden? Ich bin wahrlich kein Freund von Opfern, Stella, denn ich glaube nicht daran. Wenn du für etwas oder wegen jemanden nicht lebst, wirst du kaum mit Belohnung beschenkt, gehst eher selber mit der Zeit zugrunde. Du meintest, mein Egoismus würde mich auch nicht glücklich machen. Stelltest dir vor, dass ich dich eines Tages hassen würde, weil du mich von meiner Familie entfremdet hättest. Auch das bezweifle ich.

Meine Frau war mir bereits fremd, als ich dich getroffen und lieben gelernt habe.
Du bist die Frau, der ich gerne als Leitstern an meinem Himmel gefolgt wäre. In meinem Leben wird es keine zweite Stella geben, das weiß ich. Mein Großvater hat mich vor der Hochzeit gefragt, ob ich denn Rosaria lieben würde. Ich habe ihn verwundert angeschaut und genickt. Aber er hat nur den Kopf geschüttelt und gemeint, ich sei ein Narr. Wenn einen die Liebe treffe, dann gäbe es kein Zögern, sondern nur Glück und Schmerz. Ich erinnere mich noch, wie er sagte: „Glück und Schmerz, Ernesto. Man bekommt mit der Liebe stets beides geschenkt." Wie Recht er doch hatte, mein alter Opa.
Nun hege ich keine Hoffnung mehr, dass du mir noch nach Paris folgen wirst. Wisse dennoch: Ich werde während der Weihnachtsferien mit Rosaria sprechen und mich von ihr trennen. Ein Leben an ihrer Seite ist mir nicht mehr möglich. Ich hätte jetzt wirklich das Gefühl, sie zu betrügen, jetzt, da ich weiß, was Liebe sein kann. So bin ich denn lieber alleine als in einer Beziehung gefangen, zu der ich nicht mehr stehen kann. Auch Rosaria gegenüber wäre das unfair.
Stella: Dir danke ich dafür, dass ich dich treffen durfte. Dir verdanke ich, dass ich erfahren konnte, was Liebe ist. Viele Sätze schwirren mir durch den Kopf. Alle beginnen sie mit: Hätte ich doch... Aber wahrscheinlich wäre es mir nicht möglich gewesen, anders zu handeln. Daher kann ich dir nur sagen: Und ewig liebe ich!

Dein Ernesto

P.S.: Verzeih, aber mir ist nicht mehr nach Rätseln zumute. Nur eines: Falls du einmal den Friedhof und die Gräber besuchst, frage sie, ob sie mir etwas zu sagen haben, was mir helfen könnte.

Ernsts Stimme hatte bei den zuletzt vorgelesenen Worten gezittert.
„Das ist doch unglaublich!", meinte Sophia aufgebracht.
„Warum ist Stella bloß nach Gotha zurückgekehrt?", wollte der Junge wissen.
„Wegen deines Großvaters. Sie muss das Gefühl gehabt haben, dass sie ihn nicht alleine, nicht im Stich lassen konnte. Anders ist das nicht zu verstehen", sagte Sophia.
„Ich verstehe Stella trotzdem nicht. Sie hat ihn bestimmt geliebt. Jetzt, da ich ihre Geschichte ein wenig kenne, begreife ich gewisse Äußerungen, die sie mir immer wieder gesagt hat, besser. Wahrscheinlich hatte sie mit der Zeit auch das Gefühl, einen Fehler gemacht zu haben."
„Doch dann musste es zu spät gewesen sein. Dein Opa wurde noch bedürftiger", sagte Sophia.
„Stella musste gemerkt haben, dass sie schwanger war", ergänzte Ernst.
„Und die Mauer wurde gebaut, vergiss das nicht, Ernst, die Mauer", flüsterte Sophia.
„Ja, Sophia, die Mauer. An die müssen wir auch denken. Und wie hätte sie mit einem Neugeborenen flüchten wollen? Mit Victoria und dem todkranken Vater?"
„Und noch was, Ernst: Sie brauchte ihre Arbeit. Mit dem Kind erst recht."
Ernst grübelte vor sich hin: „Ob Ernesto je erfahren hat, dass er Vater geworden war, zum zweiten Mal?"
„Oh, nein!", rief Sophia.
„Was?"
„Mir geht gerade durch den Kopf, dass Ernesto sich wohl von Rosaria getrennt hat, in Paris lebte und auf diese Weise weder seine Tochter Elena noch deine Mutter um sich hatte. Das muss furchtbar gewesen sein."
„Ich glaube nicht, dass Ernesto von der Zeugung Victorias erfahren hat. So wie ich Stella einschätze, hat sie es für sich behalten."

„Außerdem wäre Ernesto bestimmt hier in Gotha aufgekreuzt, wenn er das gewusst hätte. Schließlich war es ja auch während der DDR für Leute aus dem Westen möglich, in den Osten zu reisen", sagte Sophia.
„Du hast Recht. Also können wir davon ausgehen, dass Ernesto keine Ahnung von seiner zweiten Vaterschaft hatte. Und Stella hat geschwiegen."
„Ein Leben lang", fügte Sophia hinzu.
„Ein Leben lang, und zwar nicht nur Ernesto gegenüber, sondern auch gegenüber Victoria."
„Und dir gegenüber, vergiss das nicht, Ernst", meinte Sophia.
„Ach, ich bin nicht so wichtig", meinte der Junge traurig.
„Spinnst du? Das ist doch das Gleiche wie bei dir!", jetzt schrie Sophia fast, sodass eine Dame, die in einiger Entfernung ein Grab pflegte, erschrocken hochblickte.
„Wie bei mir?", fragte Ernst.
„Du hattest ja auch keine Ahnung, wer dein Vater ist", entfuhr es Sophia.
„Ich hatte keine Ahnung", Ernst betonte dabei das Wort hatte.
„Das passt. Deine Oma klärte deine Mutter nicht auf, die dich wiederum im Dunkeln tappen ließ", dozierte Sophia.
„Na ja, meine Mutter meint zu wissen, wer ihr Vater ist. Ich hatte dagegen bis heute keine Ahnung, wer mein Erzeuger ist."
„Ist das etwa besser?", fragte Sophia.
„Nein, wahrscheinlich ist es sogar noch schlimmer", sinnierte der Junge vor sich hin.
Dann versanken die beiden in ein Schweigen, das sie in die Vergangenheit zog. Die Stille führte sie auf einem steinigen Weg in eine Familienwirklichkeit, die vorgegaukelt war. Dennoch überlegten beide, dass sie trotz allem eine glückliche Kindheit erlebt hatten, dass sie nichts zu beanstanden hatten. Außer vielleicht der Tatsache, dass in einem bestimmten Bereich die nötige Ehrlichkeit gefehlt hatte.

„Ich werde demnächst mit meinen Eltern ein ernstes Wort sprechen müssen. Kommst du dann mit?", fragte auf einmal Sophia.
„Wie meinst du das?", Ernst war alarmiert.
„Na hör mal: Da erlauben sich zwei Erwachsene, die mir bald sechzehn Jahre lang sagen, was gut und schlecht ist, mich anzulügen. Ich denke, die sind mir eine Erklärung schuldig. Ich möchte ihre Argumente hören. Und du bist mein Halbbruder. Darüber hätte mein Vater in den letzten fünfzehn Jahren vielleicht auch einmal ein Wort verlieren können. Außerdem bringen wir das Thema Irina mal auf den Tisch. Schließlich werden wir uns in Zukunft nicht weniger oft treffen. Und ich verlange, dass du mich besuchen kommen darfst, wenn ich es will. Vergiss nicht: Wir sind verwandt", schloss Sophia ihre lange Rede.
„Dann sprechen wir aber auch noch mal mit Victoria. Stell dir vor, wenn wir...", da stockte Ernst, „wenn wir...", er konnte die Gedanken nicht in Worte kleiden, „nur weil wir nicht wussten, dass wir Geschwister sind. Stell dir das mal vor!"
„Lieber nicht, Ernst, wirklich", meinte Sophia bedrückt. „Mein Vater hätte sich ja mal bei Victoria erkundigen können. Ich verstehe das alles einfach nicht", sagte sie noch.
„Vielleicht hat er das", erwiderte Ernst.
Wieder hingen die beiden Jugendlichen ihren Gedanken nach.
„Hast du noch einen Brief oder war das der letzte", fragte Sophia auf einmal.
„Einer ist noch übrig", meinte Ernst, „aber ich bin gar nicht mehr in der Stimmung. Außerdem sind wir mal wieder am richtigen Ort."
„Du meinst wegen Ernestos Bemerkung über den Friedhof?", wollte Sophia wissen.
Ernst nickte: „Wir finden diese Zufälle gar nicht mehr seltsam. Ist dir das auch aufgefallen?"
Sophia schüttelte den Kopf. „Ob Stella und Ernesto sich auch einmal auf dem Friedhof getroffen haben?", fragte sie, wobei sie gar keine Antwort erwartete.

Nach einer Weile standen die beiden Jugendlichen auf und spazierten noch eine Weile über den Gottesacker. Sie sahen kunstvolle Grabsteine, gepflegte und verwilderte Gräber. Einige hatte die Natur wieder in ihre Gewalt genommen. Efeu räkelte sich über einen Grabstein, sodass man den Namen des Verstorbenen und die Jahreszahlen seiner Geburt und seines Todes nicht mehr lesen konnte. An einem anderen Ort waren es die Äste eines Baumes, die eine Grabstätte bedeckt hielten, als würde sich das Grab schämen.

„So viele Leute, die im Krieg gefallen sind", flüsterte auf einmal Sophia, als sie bei den Kriegsgräbern vorbei spazierten.

„Ein Eichhörnchen", sagte Ernst auf einmal.

„Und dort", sagte Sophia etwas später, „ein Hase!"

Dann waren die beiden Jugendlichen wieder bei den klassizistischen Gebäuden angelangt, verließen den Friedhof und fuhren zu Ernst nach Hause.

Durchblick

Als Sophia und Ernst die Küche betraten, staunten sie. Der Tisch war feierlich gedeckt: Eine Tischdecke drapierte die Tafel, Servietten waren hübsch auf den Tellern in Form von Schwänen gefaltet. Es gab Brotzeit. Käse und Wurst waren auf großen Platten einladend hergerichtet.
„Was ist denn hier los?", fragte Ernst.
„Ach, hallo zusammen", antwortete Victoria fröhlich.
Ernst nickte, zum Gruß, blickte seine Mutter jedoch fragend an.
„Ich hab gedacht, wir hätten etwas zu feiern", meinte Victoria.
„Zu feiern?", entwich es Sophia.
„Allerdings", war alles, was Victoria sagte.
Die drei setzten sich hin, weil ihnen nichts Besseres einfiel und Victoria reichte den beiden Geschwistern nacheinander den Brotkorb, die verschiedenen Käse- und Wurstplatten und eine Salatschüssel.
„Möchtest du Wasser?", fragte Victoria, richtete sich dabei an Sophia.
„Gerne."
„Was haben wir denn zu feiern, Mama?", fragte Ernst erneut, als sie beim Essen waren.
„Unsere Familie ist gewachsen."
Ernst musste unwillkürlich lachen, obwohl er eigentlich hätte sauer sein wollen.
„Mama!", meinte er, „ich finde das gar nicht lustig."
Victoria räusperte sich, dann begann sie zu erzählen: „Als ich damals merkte, dass ich schwanger war, versuchte ich natürlich, Kontakt mit Gustl aufzunehmen."
Victoria wurde durch einen Hustenanfall von Sophia unterbrochen.
„Entschuldige", sagte Sophia, die erschrocken war, den Namen ihres Vaters in dieser Verzerrung zu hören.
„Wir trafen uns noch einmal in Erfurt, wollten uns aussprechen, miteinander reden."

„Und dann?", fragte Ernst.
„Wir trafen uns, wie gesagt, in Erfurt. Gustl war natürlich schockiert. Er sagte, es täte ihm leid. Er hätte das alles nicht gewollt. Bei ihm sei es ein Moment der Schwäche gewesen. Wie auch immer: Er erzählte mir, er sei mit einer Frau zusammen, schon seit längerem. Die Beziehung liefe gut. Es handle sich nicht um die Leidenschaft, die er bei mir verspürt hatte, aber er fühle sich wohl bei ihr. Dann fügte er noch hinzu, sie sei ebenfalls schwanger. Er war wirklich verzweifelt. Seltsamerweise tat er mir sogar leid."
„Leid? Dir? Dass ich nicht lache! Da hat er eine Beziehung und schläft mit einer anderen Frau", Sophia war empört.
Victoria lächelte milde: „Sei nicht zu hart zu ihm. Ich weiß, das klingt vielleicht seltsam, aber ich war ihm deshalb nie böse. Gustl hat ein weiches Herz, das hatte er schon immer. Und aus diesem Grund mochte ich ihn all die Jahre so sehr."
„Ein weiches Herz und einen schwachen Charakter", murrte Sophia.
„Stärke zeigt sich nicht immer darin, dass man sich stets unter Kontrolle hat", meinte Victoria streng.
„Das hätten Stellas Worte sein können", entfuhr es Ernst.
„Das sind Stellas Worte", erwiderte Victoria erstaunt.
„Sie hätte es doch tun sollen", sagte Ernst und schaute Sophia in die Augen.
„Was hätte sie tun sollen?", fragte Victoria.
„Erzähl weiter, Mama, bitte, was war dann?"
„Nein, jetzt erzähl du. Was hätte Stella tun sollen? Was wisst ihr?", insistierte Victoria.
„Bitte, Mama."
„Bitte, Victoria", doppelte Sophia nach.
„Da gibt es nicht mehr viel zu erzählen. Ich habe ihm versprochen, ich würde abtreiben", sagte Victoria kleinlaut.
„Du hast was?", schrie Ernst.

„Er sah dermaßen verzweifelt aus und ich war so verletzt, dass ich dachte, ich wolle das Kind nicht. Schließlich war ich mit meiner Ausbildung noch nicht fertig. Ich dachte, ich hätte den Mut nicht, ein Kind alleine großzuziehen. Vor Augen hatte ich das Beispiel meines Großvaters. Er hatte Stella ganz alleine aufgezogen, kaum Hilfe gehabt. Immer wieder hörte ich, wie toll er gewesen sei, wie aufopfernd und gütig er sich um seine Tochter gekümmert hatte."
„Und das hat dir nicht Mut gemacht?", fragte Ernst und vergaß dabei kurz, dass er ja auf der Welt war, seine Mutter sich also doch für ihn entschieden haben musste.
„Nein, das hat mir Angst gemacht. Überleg doch: Ich war jung, hatte dieses große Vorbild vor Augen, das ich niemals hätte erreichen können. Mir war klar: Ich konnte in dieser Rolle vor meiner Mutter nur versagen."
„Und dann?", hörten sie auf einmal Sophia fragen.
„Dann habe ich das getan, was ich nie für möglich gehalten hätte. Ich habe noch einmal mit meiner Mutter gesprochen."
„Und Stella hat dir gesagt, du sollst mich behalten."
„Keine Sekunde hat sie gezögert, Ernst, keinen Bruchteil einer Sekunde. „Ein Kind", hat sie gesagt und mich mit großen Augen angeschaut, „das ist ein Segen." Sie hat mir nichts vorgemacht, hat von Schwierigkeiten gesprochen, davon, dass man angebunden sei. Keine hübschen Märchen über selig machende Muttergefühle hat mir Stella auf die Nase gebunden. Sie sagte aber auch: „Am Ende bleibt nur das, Victoria, denke daran." Dabei meinte sie Kinder. Und wisst ihr was? Sie hatte Recht. Darum freue ich mich auch, dass es dich gibt, Sophia."
„Und du bist meinem Vater gar nicht böse?", fragte Sophia erstaunt.
„Wir sind doch irgendwie eine Familie. Das ist nicht einfach, aber schön. Du bist die Halbschwester von Ernst. Er ist mein Sohn."

„Und du", Sophia kostete es Mühe, diese Frage zu wiederholen, „du bist meinem Vater nicht böse?"
„Nein, Sophia. Natürlich habe ich gehadert, habe ihn sogar manchmal gehasst. Schließlich hatten wir während unserer ganzen Kindheit eine enge Bindung. Doch wahrscheinlich war dieses Verständnis und diese Nähe mehr eine Geschwisterliebe. Unser Treffen hatte mit Sehnsucht zu tun. Wir haben wohl beide das besondere Gefühl, das wir früher geteilt hatten, vermisst. So kam es, zumal wir unterdessen erwachsen waren, dass wir uns körperlich geliebt haben. Aber wäre unsere Beziehung auf Dauer gut gegangen? Hätte sie im Alltag Bestand gehabt? Keine Ahnung. Wahrscheinlich ist, dass wir gar nicht zusammen gepasst hätten."
„Trotzdem: Ich wäre wütend auf ihn!"
„Ich war es auch, zu Beginn. Doch mit der Zeit ist das Gefühl verflogen. Und überhaupt: Er hätte genauso viele Gründe, um sauer auf mich zu sein. Schließlich habe ich ihn angelogen. Gotha ist eine kleine Stadt. Da erfährt man am Schluss doch alles über jeden. Als Ernst kaum ein Jahr alt war, hat Gustl erfahren, dass ich ein Kind habe. Zuerst hat er vielleicht gedacht, ich hätte einen anderen Mann getroffen und mit ihm Nachwuchs gezeugt. Später hat er aber erfahren, wie alt das Kind ist, und alles war klar."
„Und dann?", fragte Sophia besorgt.
„Wir haben uns noch einmal getroffen. Er lebte damals noch nicht in Gotha, darum hat er die Neuigkeit nicht gleich erfahren."
„Was?", nun war es wieder Ernst, der erstaunt war.
„Ja. Wir haben uns in Gotha getroffen, und zwar auf dem Friedhof. Dort waren wir sicher ungestört und mussten nicht in einem überfüllten Lokal sitzen. Gustl war sauer, er hat mich angebrüllt. Er war wirklich außer sich. Doch was konnte er schon tun? Ich habe ihm gesagt, Stella und ich würden dich groß ziehen. Er bräuchte sich weder finanziell noch sonst wie um dich zu kümmern. Und dann geschah das, was mich am meisten ver-

letzt hat. Gustl war erleichtert. Fragt mich nicht, warum. Vielleicht war er froh, dass er finanziell nichts beitragen musste. Möglich, dass er fürchtete, ich würde mich irgendwann einmal bei Irina melden. Wie auch immer: Die Erleichterung, die ich damals in seinem Gesicht gelesen habe, hat mir weh getan."

„Und dann?", fragte Sophia.

„Nichts mehr. Das ist alles. Ich habe versucht, mich aus seinem Leben herauszuhalten und er hat das Gleiche von seiner Seite aus getan. Ich habe irgendwann einmal erfahren, dass er nach Gotha gezogen ist. Doch ich setzte alles daran, mich so zu verhalten, dass ich ihm möglichst nicht begegnete. Und das ist in den letzten Jahren auch kaum geschehen. Nur ab und an haben wir uns von weitem gesehen."

„Und meine Mutter?", fragte Sophia.

„Irina muss das irgendwie herausbekommen haben. Sonst verstehe ich nicht, was sie gegen Ernst haben sollte. Oder gar gegen mich und Stella. Wahrscheinlich hat sie Angst gehabt, dass Gustl es sich doch noch anders überlegen würde. Dabei müsste sie ihn besser kennen."

„Ich finde es furchtbar, dass sich mein Vater nie um mich gekümmert hat. Hat es ihn denn nicht interessiert, wie ich aussehe, was ich mache? Ich verstehe das nicht", Ernst wirkte niedergeschlagen.

„Doch, er hat mich das eine Mal, als wir uns in Gotha getroffen haben, gefragt, ob ich ihm nicht zwei- oder dreimal im Jahr schreiben könnte, ihm Bilder von dir schicken würde. Er hat sogar den Vorschlag gebracht, dass er dich ab und zu besuchen könnte. Doch Irina hätte natürlich eingeweiht werden müssen. Und dazu war er dann doch zu feige. Auf der anderen Seite war es mir auch lieber so. Wir konnten uns zu dritt unser Leben einrichten, ohne auf jemand anderen Rücksicht nehmen zu müssen. Auch das war auf eine gewisse Art feige oder zumindest bequem."

„Und jetzt?", fragte Sophia.

„Jetzt freuen wir uns, dass ihr einen Halbbruder beziehungsweise eine Halbschwester gefunden habt", sagte Victoria mit einem Lächeln auf den Lippen.
„Du hast ja keine Ahnung!", meinte Ernst.
„Doch, Ernst, hab ich. Es war ein Fehler, ich sehe das jetzt ein. Aber glaube mir: Ich konnte einfach nicht anders. Alles, was ich sagen kann, ist, dass wir wohl beide, dein Vater und ich, zu feige waren, zu schwach, vielleicht auch nur zu unerfahren und unwissend."
„Und jetzt?", fragte Ernst.
„Jetzt freuen wir uns über den Familienzuwachs", wiederholte Victoria nicht zum ersten Mal.
„Das ist nicht so einfach, wie du meinst", erwiderte Ernst düster.
„Ernst hat noch etwas zu erzählen", sagte auf einmal Sophia.
„Was denn?", wollte Victoria wissen, ihr Lächeln war verschwunden.
„Es geht um Stella und um deinen Vater", sagte Ernst.
„Ach, der war ein unbrauch...", doch sie konnte ihren Satz nicht zu Ende sprechen.
„Hör auf, Mama. Lies lieber die Briefe", meinte er und legte ihr ein Bündel Umschläge neben den Teller.
„Was ist denn das?", fragte Victoria, ihre Stimme zitterte.
„Lies sie, Mama, sie sind in der richtigen Reihenfolge", sagte Ernst.
In der nächsten halben Stunde saßen die Jugendlichen am schön gedeckten Tisch und konnten zusehen, wie die Welt eines Erwachsenen aus den Fugen geriet. Victoria las immer schneller, zog einen Brief um den anderen hastig aus dem jeweiligen Umschlag, so dass Ernst fürchtete, sie würde die Blätter beschädigen. Alles, was die Jugendlichen hörten, war ein „Oh, nein", später ein „Nein", dann wieder ein „Oh, nein." Als Victoria den letzten Brief gelesen hatte, blickte sie hoch:
„Das ist unmöglich."

Sophia und Ernst nickten, der Junge sagte: „Das ging uns auch so."
„Ich hätte doch etwas merken sollen", Victorias Stimme zitterte.
„Das hast du wohl auch immer wieder. Doch deine Mutter hat sich offenbar für einen ähnlichen Weg wie du entschieden", meinte Ernst.
„Es war ein Fehler", war alles, was Victoria sagte.
Ob Victoria nun meinte, dass Stellas Verhalten oder das eigene ein Fehler war, das blieb den beiden Jugendlichen unklar. Doch wahrscheinlich war es auch nicht so wichtig.
„Was für ein Schlamassel", sagte Sophia etwas später.
„Mhm", antwortete Ernst.
„Mina, ich bin Mina", flüsterte Victoria.
„Nein, Mama, du bist Victoria", antwortete Ernst überzeugt.
Dann sanken die drei Gestalten in ein Schweigen, das so tief wie ein Ozean war.
„Ist das jetzt alles?", fragte auf einmal Victoria ihren Sohn.
Ernst hob die Augenbrauen: „Ein Brief ist noch übrig. Wir haben ihn nicht gelesen."
„Gib her", befahl Victoria.
„Nein, Mama, den lassen wir Sophia lesen." Dann wandte er sich an seine Halbschwester und überreichte ihr den letzten Umschlag.
Sophia öffnete den Brief und las:

Paris, 10. Januar 1961

Liebe Stella, Stern an meinem leeren Himmel,
hoffentlich geht es dir besser als mir. Über Weihnachten war ich in Bologna. Es ist nicht mehr mein Zuhause und ich kam mir dort vor wie ein weit entfernter Bekannter, der auf Besuch vorbeischaut. Meine Tochter Elena hat mich nicht erkannt, sagte nach ein paar Stunden doch Papa zu mir. Wahrscheinlich hat Rosaria sie so angewiesen. Wenn

es nach ihr gegangen wäre, hätte mich meine Tochter sogar mit dem Titel Onkel begrüßt.

Ich habe meiner Frau von dir erzählt. Sie ist erstaunlich ruhig geblieben, hat die Schultern gehoben und gemeint, sie hätte so etwas schon geahnt. In ihrem Gesicht habe ich jedoch lesen können, wie sehr sie litt. In den letzten Wochen hatte sie allerdings wieder Kontakt zu einem Jugendfreund. Ich hoffe nun, dass sich da etwas anbahnt, was Rosaria gut tut.

Meine Tochter werde ich in Zukunft etwas öfter sehen, denn ich habe Aussicht auf eine feste Anstellung in Paris. Dadurch sollte ich etwas mehr verdienen und ab und an nach Italien reisen können. Doch dann werde ich in Bologna wohl eher bei meinen Eltern übernachten.

Meine Familie hat erstaunlich gut reagiert. Sie mögen Rosaria zwar, fanden aber offenbar immer, wir hätten kein gutes Paar abgegeben. Ich habe sie nicht gefragt, was sie damit genau meinten.

Und nun? Mein Leben geht hier in Paris seinen Gang. Ich stehe am Morgen auf, wasche meinen Körper, gebe ihm zu essen, fahre zur Arbeit. Manch einer würde mich um mein Leben beneiden, ich weiß. Ich hätte auch jeden Grund, zufrieden mit dem zu sein, was ich mir aufgebaut habe. Und doch: Welch ein Schlamassel! Meine Familie ist auseinander gefallen und die Frau, die ich liebe, nach der ich mich sehne, hat sich gegen mich entschieden. Oder sollte ich eher sagen, sie hat sich für ihr Land und ihren Vater entschieden?

Das, meine Einzige, wird mein letzter Brief an dich bleiben. Wenn du Kontakt zu mir haben möchtest, dann antworte auf die gewohnte Art auf mein Schreiben. Der Bekannte von mir wird mir deine Worte überbringen. Wenn er wie letztes Mal ohne ein Wort von dir zurückkehren wird, werde ich wissen, wofür du dich entschie-

den hast: für den Bruch, für die Trennung und für das Schweigen.

Solltest du es dir zu einem späteren Zeitpunkt anders überlegen: In den nächsten Jahren werde ich in Paris bleiben. Wenn du mich suchst, wirst du mich leicht finden können.

Solange ich lebe, werde ich nicht wirklich verstehen können, warum du nicht zu mir gekommen bist. Zwar sehe ich deine Argumente ein, und doch: Am Ende wird deine Liebe zu mir wohl nicht stark genug gewesen sein. Und das ist es, was mich am meisten traurig macht.

Trotz Trauer, trotz Enttäuschung, trotz unterdrückter Frustration: Stella, ich bin dir dankbar dafür, dass du mir für eine kurze Zeitspanne das Gefühl geschenkt hast, mich zu lieben. Wer weiß besser als ich, dass Zeit ohnehin ein relativer Begriff ist?

Am Schluss, meine Einzige, wirst du merken, dass doch alles wieder zusammen kommt: die vier Elemente, Anfang und Ende, Wahrheit und Lüge, Liebe und Freundschaft und vor allem Frieden. Und so hoffe ich, dass ich irgendwann einmal inneren Frieden finde, denn vergessen werde ich dich niemals. Dir, Stella, Liebe meines Lebens, wünsche ich das auch: Frieden.

Du hättest mir gefehlt, wenn ich dich nicht getroffen hätte. Und ewig liebe ich!

Ernesto

„Kein P.S.?", fragte Ernst.
„Doch, warte, da", sagte Sophia, dann las sie:

P.S.: Zwei Zeichen sind in Gotha dem Friedenskuss gewidmet, Stella. Das kann kein Zufall sein. Schau sie dir immer dann an, wenn du glaubst, den Frieden nicht finden zu können. Sie werden besser zu dir sprechen, als ich es je konnte.

„Wieso ist sie nicht geflohen? Warum ist sie ihm nicht gefolgt?", fragte Victoria und Tränen liefen ihr die Wangen hinunter.
„Vielleicht aus Angst", antwortete Sophia.
„Möglicherweise wollte sie nicht von Ernesto abhängig werden", meinte Ernst.
„Es war ein Fehler", rief Victoria.
„Das kannst du nicht wissen", meinte Sophia.
„Wir werden es nie erfahren", fügte Ernst hinzu.
„Später hat sie meinen so genannten Vater geheiratet. Das darf doch nicht wahr sein! Dabei hatte sie Ernesto, der sie derart geliebt hat. Ich kann nicht glauben, dass sie das getan hat", empörte sich Victoria.
„Mama, wahrscheinlich konnte sie nicht. Auch wegen ihres Vaters", versuchte es Ernst erneut.
„Ach, der ist ja dann gestorben", meinte Victoria ungerührt.
„Eben. Ich könnte mir vorstellen, dass Stella ihn nicht im Stich lassen wollen, nachdem er sie alleine groß gezogen hatte."
„Und dann kam die Mauer, vergiss das nicht", meinte Sophia.
„Die Mauer", schnaubte Victoria.
„Und nachher dachte sie wohl, es sei zu spät", schloss Ernst.
Die drei Gestrandeten saßen noch immer am schön gedeckten Tisch. Sie schwiegen eine Weile vor sich hin.
„War das Leben nicht schöner, als wir keine Ahnung hatten, wer wir sind?", wollte Sophia auf einmal wissen, schaute dabei Ernst an.
„Es war bloß einfacher", sagte Victoria.
„Stella müsste jetzt hier sein. Sie hätte eine Antwort darauf gewusst", Ernst fand selber, dass seine Äußerung kindisch klang.
„Sie hätte dir gesagt, dass das Leben nur gelebt werden kann. Keine Theorien, keine Übungen, keine Haupt- und General-

probe. Es geht einfach los und man muss es erleben", sagte Victoria.
„Ganz schön stümperhaft gehen wir dabei aber vor", fand Sophia und ihre Stimme klang bitter.
„Ich muss meinen Vater kennen lernen", sagte dann Ernst und schaute Sophia fragend an. Doch seine Halbschwester hatte nicht hingehört, denn sie hing gerade ihren eigenen Gedanken nach.
„Sophia?", fragte Ernst.
„Hm? Was?", fragte sie.
„Ich will deinen, meinen Vater kennen lernen."
Sophia nickte nur.
„Ich will meinen Vater kennen lernen", sagte dann Victoria und schaute auf ihren Teller. Auf die Gurke, die einsam neben einem Stück halb zerschmolzener Butter lag. „Ja", sagte sie, um sich Mut zu machen, „ich muss ihn finden. Ich will mit ihm sprechen."
„Und wir bekommen noch ein Geschwister", sagte Sophia.
„Was?", fragte Victoria.
„Ja, meine Eltern kriegen wieder ein Kind. Mir ist das furchtbar peinlich, nein, ich bin sogar wütend", sagte Sophia und fing an zu weinen.
„Die Welt gerät aus den Fugen", meinte Ernst und umarmte Sophia. Seine Halbschwester lehnte ihren Kopf an seine Schulter.
„Ihr seid ein Bild für Götter, Kinder", sagte Victoria, stand auf, fing an zu weinen, ging um den Tisch herum und umarmte die beiden Jugendlichen, die vor ihren Tellern saßen, zärtlich.
„Ihr werdet es schaffen, wir werden das schaffen", meinte sie dann tapfer.
„Es wird nie mehr so sein, wie es einmal war", heulte Sophia.
„Zum Glück", sagte Ernst. Dann fügte er noch hinzu: „In Zukunft ist Schluss mit den Geheimnissen dieser Art. Das Leben ist auch so schon kompliziert genug."

Dann blickte Victoria auf ihre Uhr und meinte: „Kinder, wir müssen schlafen gehen. Es ist bereits spät."
Victoria räumte auf, die beiden Geschwister halfen ihr dabei. Dann wünschte sie ihnen gute Nacht, umarmte und küsste beide auf die Stirn und zog sich in ihr Zimmer zurück.

Erlösung

„Morgen ist Schule", sagte Ernst lakonisch.
„Ist mir egal", meinte Sophia, „ich kann jetzt nicht schlafen."
„Lass uns gehen", sagte Ernst und begab sich zu Türe.
„Wohin willst du?", fragte Sophia.
Doch der Junge schwieg. Er streifte seine Jacke über, zog sich die Schuhe an, öffnete die Wohnungstüre, drehe sich zu Sophia um und fragte: „Kommst du mit?"
Sophia schüttelte den Kopf, konnte ihm nicht antworten. Doch dann zog auch sie ihre Schuhe und die Jacke an und folgte dem Jungen. Sie verließen das Haus an der Jüdenstraße und begaben sich zum Hauptmarkt, dann bog Ernst nach rechts und ging den Hügel zum Schloss hoch.
Als die beiden Jugendlichen kurze Zeit später vor dem verschlossenen Tor standen, legte Ernst Sophia den linken Arm um die Schultern und richtete den Zeigefinger seiner rechten Hand auf das Wappen mit den beiden Figuren, die man im spärlichen Licht kaum erkennen konnte. Er las vor: „Friede ernähret, Unfriede verzehret."
„Will heißen?", fragte Sophia befremdet.
„Wir müssen Friede schließen. Das hatte auch Stella begriffen, nur leider zu spät. Friede mit der Vergangenheit, mit der eigenen Herkunft, aber vor allem mit uns selber. Lass uns herausfinden, wohin unser Weg uns führt, ohne uns durch Wut blockieren zu lassen."
„Du meinst kein Unfriede?", fragte seine Schwester.
Ernst nickte: „Ich weiß doch selbst nicht, wie ich das anstellen soll. Schließlich bin ich wütend auf meinen Vater, der sich nie um mich gekümmert hat, bin sauer auf meine Mutter, die mir die Wahrheit aus Feigheit verschwiegen hat."
„Nein, Ernst", unterbrach ihn Sophia, „nicht nur aus Feigheit, das ist nicht fair. Sie wollte dich auch schützen, bestimmt."
„Mag sein, aber das war weder klug noch gesund, auch für sie nicht."

„Nein, das war es nicht. Lass es uns besser machen", meinte Sophia.

Ernst schaute sie von der Seite an und fragte erstaunt: „Ist das dein Ernst?"

Dann musste Sophia lachen. Sie lachte und lachte und konnte nicht mehr aufhören damit. Ernst fiel in ihr Gelächter ein. Beide Körper wurden von Wellen übermannt, die sie wie Wogen sauberen Wassers durchspülten. Sie hielten sich die Hüften, den Bauch, krümmten sich, bis Ernst auf die Knie fiel.

„Schluss", keuchte er, „ich kann nicht mehr."

„Ja, Schluss", lachte Sophia.

Dann beruhigten sich beide, drehten sich um und gingen den Kurd-Laßwitz-Weg in den Schlosspark, überquerten die Straße und suchten sich eine Stelle in der Nähe des kleinen Sees. Dort legten sie sich auf das feuchte Gras, die Ellbogen auf den Boden gestützt, um über die Wasserfläche zur Insel zu sehen, die von keiner Stelle aus als solche zu erkennen war.

„Es ist nicht möglich, das Große und Ganze in einem zu sehen. Das ist ein berühmter Satz. Und schau: Er stimmt für die Insel vor uns, aber auch für unser eigenes Leben", meinte Ernst.

„Und hinter uns ist der Merkur-Tempel mit den vier Säulen, den vier Elementen. Er ist sichtbar und zwischendurch, wenn man auf dem Weg geht, verschwindet er", sagte Sophia.

„Stimmt. Auch das hat uns Stella mit auf unseren Weg gegeben. Der Tempel erinnert an den Planeten Merkur, der nur zwei Monate im Jahr von der Erde aus zu sehen ist", flüsterte Ernst.

„Er ist da und doch für uns Menschen nicht sichtbar", flüsterte Sophia zurück.

„Ein schöner Ort, um begraben zu sein", sagte Ernst etwas später, sein Blick noch immer auf die Insel gerichtet.

„Im Wasser und doch auf der Erde", meinte Sophia.

„Die Luft über einem und die Sterne, das Feuer", fügte Ernst hinzu.

Beide legten sich auf den Rücken und blickten in den Himmel, der sternenklar war.

„Am Ende kommt doch alles zusammen. Ich habe es schon immer gewusst, aber nicht verstanden", sagte Ernst wie träumend vor sich hin.

„Wie meinst du das?", wollte Sophia wissen, blickte dabei weiterhin dem Frühlingshimmel entgegen.

„Die Wahrheit lag stets vor mir, aber ich konnte sie nicht erkennen. Und so kommt am Schluss doch alles zusammen: die vier Elemente, Anfang und Ende, Wahrheit und Lüge, Liebe und Freundschaft und vor allem Frieden", hauchte Ernst etwas später.

„Was meinst du denn damit?", fragte Sophia wieder.

„Das hat Stella immer wieder gesagt. Ich habe es damals nicht verstanden. Als am Donnerstag die Trauerfeier stattfand, ging mir dieser Satz von ihr durch den Kopf. Ich ahnte, dass sie damit eine tiefe Wahrheit ausgesprochen hatte. Aber auch damals, noch vor vier Tagen, es kommt mir vor wie eine Ewigkeit, auch damals habe ich es noch nicht wirklich begriffen, Sophia. Sie meinte wohl, dass am Schluss doch alles auffliegt, dass eben alles zusammenkommt. Dass es dann nur noch einen Weg gibt", erklärte der Junge.

„Du meinst Frieden. Der Friedenskuss?"

„Ja, ich meine, dass man Frieden schließen muss. Mit allen und mit allem."

„Vor allem aber wohl mit sich selber", sagte Sophia bedrückt. Ernst nickte in die Dunkelheit hinein, doch Sophia musste es vernommen haben.

„Meinst du, wir werden es schaffen?", fragte Sophia auf einmal, wandte dabei den Kopf und schaute Ernst in die Augen.

„Mensch, Sophia, bist du schön", staunte Ernst.

„Das soll jetzt aber nicht etwa eine Antwort auf meine Frage sein?", fragte Sophia und war froh, dass es einigermaßen dunkel war.

„Doch, nein, ich meine nein, natürlich nicht."
„Und?", insistierte Sophia.
„Keine Ahnung, Sophia. Ich werde mich wohl stümperhaft anstellen. Hoffentlich mache ich es besser als meine Mutter."
„Was werden wohl mal unsere Kinder über uns sagen?", Sophias Frage war eher eine Feststellung gewesen.
„Das möchte ich lieber nicht wissen. Sophia, ich bin froh, dass es dich und mich gibt." Dennoch musste der Junge in dem Augenblick an den Ausdruck „unbrauchbarer Kerl" denken.
„Ernst?", fragte Sophia.
„Ja?"
„Wir müssen mit unserem Vater sprechen", als sie das Wort „unserem" sagte, bekam sie wieder Gänsehaut.
„Das müssen wir wohl. Aber nicht heute."
„Doch heute, denn es ist schon morgen."
Ernst blickte auf seine Armbanduhr, die im Dunkeln leicht fluoreszierte: „Es ist schon halb eins."
Sophia nickte.
„Es ist bereits morgen", Ernst lachte.
„Es ist heute", erwiderte Sophia.
„Wir müssen heute mit unserem Vater sprechen", sagte Ernst.
„Und mit Irina", ergänzte Sophia.
„Ja", seufzte Ernst.
„Sie ist gar nicht so schlimm. Du wirst sehen. Eigentlich mag ich meine Mutter sehr."
Ernst schaute in die Sterne: „Bei der Tochter kann es gar nicht anders sein. Das habe ich schon immer gedacht und mich gewundert, dass Irina derart unfreundlich ist."
Dann schwiegen beide und blickten nur noch in den Himmel.

Namen

„Die Sterne", flüsterte nach einer Weile Ernst.
„Stella und Ernst, Ernst und Stella", sagte Sophia, dann setzte sie sich ruckartig auf, „Ernst, das heißt Stern!"
„Klar, ich weiß, auf Italienisch heißt Stella Stern", meinte Ernst ruhig.
„Nein, Ernst, nein! Das meine ich nicht!"
„Was denn, Sophia, beruhige dich doch", sagte Ernst und wunderte sich darüber, dass Sophia aufgesprungen war und nun nervös am Seerand hin und her ging.
„Ernst, überleg doch. Die Buchstaben deines Namens", Sophia keuchte fast.
„Du machst mich ganz nervös, Sophia, hör auf", erwiderte Ernst.
„Verstehst du denn nicht, Ernst?", fragte Sophia und schaute ihn ungläubig an.
„Nein", meinte Ernst belustigt.
„Du bist mehr mit Stella verbunden, als du je geahnt hast. Wir dachten nur an die Verwandtschaft der Namengebung zwischen dir und Ernesto. Dabei steckt noch mehr dahinter."
„Was denn, Sophia, erklär es mir", Ernst fühlte sich bedrängt.
„Wenn du die Buchstaben deines Namens umstellst: E R N S T, dann ergibt es S T E R N. Du bist ganz nah bei Stella!"
Ernst sinnierte über Sophias Worte nach, drehte in seinem Kopf die Buchstaben seines Namens hin und her. Auf einmal erbleichte er in der Dunkelheit.
„Sophia, du hast Recht!", auch Ernst sprang jetzt auf.
„Dein Name ist ein..., ach, wie heißt das noch mal?", fragte Sophia.
„Mein Name ist ein Anagramm von Stern", flüsterte Ernst, dann setzte er sich wieder hin, Sophia nahm neben ihm Platz.
„Habt ihr Anagramme, Pangramme und Palindrome mal in der Schule durchgenommen?", fragte Sophia.

„Ja, in der Kunst wurden diese Wortspiele immer wieder als Rätsel verwendet", leierte Ernst sein angelerntes Wissen herunter.

„Außerdem wurde es in der Wissenschaft verwendet, um Wissen zu verschlüsseln", meinte Sophia.

„Stimmt, zum Beispiel bei Leonardo da Vinci. So konnte man auch Wissen festhalten und publizieren, ohne dass man verstand, was dahinter steckte. Jahre später hat man dann herausgefunden, dass gewisse Informationen oder sogar Erfindungen bereits früher bekannt gewesen waren", erzählte Ernst weiter.

„Und es gibt Anagramme, die bis heute nicht gelöst worden sind, eines stammt sogar von C.G. Jung, wenn ich mich recht erinnere", ergänzte Sophia.

„Tja, weil es eben keinen Schlüssel, keinen Code gibt und man so auch keine Maschine mit den Daten füttern kann", schloss Ernst.

„Und du heißt Ernst", sagte Sophia und blickte ihren Halbbruder bewundernd an.

„Ohne dich wäre ich nie darauf gekommen", meinte der Junge.

„Stella muss eine bemerkenswerte Frau gewesen sein", sagte Sophia und Ernst fasste es als Kompliment auf.

„Und nun?", fragte Ernst nach einer Weile.

„Nun haben wir einiges vor uns", meinte Sophia.

„Heute sprechen wir mit unserem Vater und mit deiner Mutter", sagte der Junge.

„Victoria wird wohl auch mit ihrem Vater sprechen wollen. Hoffentlich findet sie ihn", meinte Sophia.

„Wenn er noch am Leben ist, wird sie ihn finden. Vielleicht kommt er zur Beisetzung Stellas nach Gotha", sagte Ernst.

„Wie traurig", meinte Sophia.

„Das ist nicht traurig, Sophia. Es ist wohl einfach nur das Leben."

Ernst nahm Sophias rechte Hand in seine Linke, dann legten sich die beiden Jugendlichen wieder ins Gras und blickten in den nächtlichen Himmel Gothas. Sie sahen die Schwärze der Nacht, sie erblickten die Sterne und sie erkannten einen Teil jenes Geheimnisses, das von den Menschen Leben genannt wird. Irgendwann, die Sterne am Himmel leuchteten schwächer, begegneten sie dem Schlaf.

Danksagung

Zahlreiche Personen haben mir bei den Recherchen für den Jugendroman „Stella kehrt heim" und bei der Überarbeitung des Textes geholfen. Ihnen möchte ich auf diesem Weg danken.

Herrn Ebhardt danke ich ganz besonders für die wunderbaren Aufnahmen von Gotha.

Danke der Stiftung Schloss Friedenstein Gotha für die Bewilligung, das Bild und den Stadtplan des Covers (innen und außen) zu publizieren. Herzlichen Dank auch der Stiftung Thüringer Schlösser und Gärten für die Erlaubnis, die Ablichtungen rund um Schloss Friedenstein und die Fotos der Gärten (Orangerie, Schlosspark) zu drucken.

Dankbar bin ich den Angestellten der Stadtverwaltung, die mich ein halbes Jahr lang unterstützt haben.

Claudia Engeler

Ihre Jugend verbrachte die gebürtige Zürcherin Claudia Engeler in Italien. Mit zwei Sprachen, Ländern und Mentalitäten zu jonglieren, d. h. dazwischen – „inter-esse" – zu stehen, fand sie stets faszinierend.
Heute lebt die Autorin in Zürich und jongliert zwischen dem Unterrichten an einem Gymnasium, der Beschäftigung mit ihren vier Kindern und damit, Zeit zum Schreiben zu finden.
Zuletzt erschienen ihr Jugendbuch „Marius' Venedig oder das Geheimnis der Vergangenheit" und ihre Bilderbücher „Albert der Storch" und „Der Friedenskuss".

Irene Sander

Die Stille vor dem Sturm
Roman

Es ist schwer, erwachsen zu werden. All die neuen Gefühle, die erste Liebe, die Verantwortung ...
Auch die junge Nora spürt das und sie fürchtet sich davor.
Seit dem frühen Tod ihrer Mutter führt sie allein den Haushalt und kümmert sich um ihren kleinen Bruder. Dadurch fühlt sie sich oft überfordert und nimmt dankbar die Hilfe ihrer Bekannten Marlene an. Alles scheint gut zu werden. Bis sich die Frauen eines Tages zu hassen beginnen ...

ISBN 3-938227-67-2
Hardcover

Preis: 19,80 Euro
334 S., 19,6 x 13,8 cm

E. K. Schlichting

Zarja
Kinder- und Jugendliteratur

Das Leben der 13-jährigen Zarja verändert sich plötzlich von einem Tag auf den anderen. Es ist ihr unheimlich – sie kann auf einmal Gedanken lesen. Nicht nur ihr Schulalltag verändert sich, als sie anfängt, mit ihrer besonderen Gabe zu experimentieren. Es taucht auch noch ein Junge in der Schule auf, bei dem sie mit ganz neuen Gefühlen konfrontiert wird – die erste große Liebe beginnt mit all ihren Freuden, Sorgen und Nöten.

ISBN 3-86634-060-5 Preis: 9,60 Euro
Paperback 178 S., 19,6 x 13,8 cm